开·卷·书·坊

退密文存

周退密

上海辞书出版社

图书在版编目(CIP)数据

退密文存 / 周退密著. —上海：上海辞书出版社，2015.8

（开卷书坊. 第 4 辑）

ISBN 978-7-5326-4423-0

Ⅰ.①退… Ⅱ.①周… Ⅲ.①散文集—中国—当代 Ⅳ.①I267

中国版本图书馆 CIP 数据核字(2015)第 148190 号

退密文存

周退密　著

责任编辑/杨　凯　辛　琪　装帧设计/朱赢椿

技术编辑/顾　晴　　　　责任校对/杨桂珍

上海世纪出版股份有限公司

辞书出版社出版

200040　上海市陕西北路 457 号　www.cishu.com.cn

上海世纪出版股份有限公司发行中心发行

200001　上海市福建中路 193 号　www.ewen.co

苏州市越洋印刷有限公司印刷

开本 720 毫米×1000 毫米　1/32　印张 9.875　字数 126 000

2015 年 8 月第 1 版　2015 年 8 月第 1 次印刷

ISBN 978-7-5326-4423-0/I·269

定价：38.00 元

退密文存

退密文存

乙未年春

周退密

目录

象的開卷

周退密 年九十五

回忆母校四中附小

我出生于一九一四年九月宁波城内月湖西畔的老宅，算来已经活了九十四个年头。年事已高，好多事情都回想不起。唯独少时有些情景还历历在目，记得比较清楚。尤其是小学生活，举凡同学名字、老师神态等等时常会出现在脑际，印象深刻。

我六岁上学，去的是“四中附小”。或是由于当时兵荒马乱，驻扎在宁波到杭州一带的北军时不时地发生兵变或互争地盘，以致引起居民不安，四处逃避而使我荒废学业；或是由于自己学业不好，成绩低劣而致留级。于是我在七岁那年开始又重读一年。读完初小四年，升入高小，直到十三岁那年在附小毕业。

四中附小坐落在宁波城内月湖西畔冯公祠弄弄底的冯公祠内，距我家老宅仅一箭之遥。每天背着书包往返四次，毫不吃力，中午回家吃饭，时间十分充裕。

附小原为宁波第四师范的附属小学，是师范的实验小学。后来师范撤销，附小并入第四中学，于是称为“四中附小”。[①]

第四师范也有它的一段沿革过程，不妨在这里说说。宁波曾有四个书院，有两个坐落在湖西，它们是辨志书院和月湖书院。辨志（小时幼稚，不懂得“辨志”二字的写法和意义，误以为是过去拖辫子人的读书地方）书院原址在清朝末年曾办过宁波府中学堂，入民国后被撤销，改办女子小学。月湖书院废弃之后，没立即创办学校，我父亲周慎甫曾经出资就地办起一个小学，由同在湖西开设营造作坊的老板（旧称大包作头）毛栋森制作校具，诸如讲台、黑板、课桌椅等等。同时还聘请了当时刚从日本留学回国的西医孙莘墅先生当校长（孙医师回国

---

① 浙江省公立学校次序按照旧时代杭、嘉、湖、宁、绍、台、衢、金、严、温、处十一府先后排列，宁波居第四位，故称第四师范和第四中学。

后在宁波西门外开办生生医院，是宁波早期的西医）。我父亲办的这个小学时间不会太久，不久原址给政府收回，改造成西式洋楼的第四师范学校了。现在关于我父亲出资办学的事迹已鲜为人知，算是地方教育史上一个小小的插曲罢了。听说我大哥昌铭、姨表兄华昌巽、翁厚甫世伯（名传泗，即翁文灏的胞叔）的几个孩子都在这里读过书。

冯公祠是清代纪念抗法名将冯子材的祠堂，作为附小校址后，冯的塑像还一如其旧地保存完好，看上去像是一位白面书生，略有胡须。如果不说是冯子材，大可把它移供在岳庙当作岳武穆去崇拜。祠的大殿就是附小的礼堂。当时是用大幅灰色幕布把神座全部蒙上，不被人见。小时好奇，初来的同学都要撩起幕布看看里面到底是怎样一回事。"诚毅慎朴"是附小的校训，就高高悬挂在礼堂的布幕上面。新生到校，老师必定要解释一下这四个字的含义并叮嘱新生务必记住。大礼堂前有个院子，长着两株香椿树，已经高过屋檐。每当初夏季节，香椿长出新芽，住在校内的老师会把它采下来拌豆腐当作小菜下粥。有的只在刚采下的椿芽里临时加点盐就这样吃了。那时小学教师的清苦生活就是这样。真是像老黄牛一样,吃的是草,挤出来的却是牛奶,把我们喂大,茁壮成长。那时小学教师薪水一般只有十来块银元,资深的老教师可拿二十元,和较大商店的经理差不多。

祠的两边一面是教师的集体办公室,一面是一、二年级的教室。三年级的教室是一间在院前面新盖的房子,光线充足,比较宽畅。相形之下,四年级的教室小了许多。是不是年级越高,学生越少?当时穷苦人多,当孩子略识之无之后,家长就让子女退学,让他们早些进商店当学徒,进工场当工人,让女儿及早出嫁,减轻家庭负担。

很能吸引同学们兴趣的东西是张贴在墙上的彩色画片,诸如:李密牛角挂书、唐太宗煎药燎须、卞庄刺虎、周处除三害、司马光破缸救同伴等等。这些图片都是当年商务印书馆印刷出版的,使我们既丰富了知识也懂得了做人的道理。那时我们没课外读物,这些图片算是来之不易了。

礼堂前的一根柱子上悬有一块小黑板供写通知之用。上面也记着每天天气情况。那时记载日期用的是“七曜”历法，以七天为一周，周而复始，按照日、月、火、水、木、金、土的次序排列，如星期日那时叫日曜日，星期一叫月曜日，星期二叫火曜日，依次类推。如果我们把习以为常的说法说给目前的小朋友听，他们肯定会张大眼睛，茫然不知所云了。

现在谈谈四个年级的几位老师的情况。

一年级的级任老师是郑之相，他是我的第一位启蒙老师。用的是商务出版的小学国文教科书第一册，从“人、手、足、刀、尺、山、水、田、狗、牛、羊”开始，直到“菊有多种，颜色不同……”最后一课为止。全书图文并茂，有如“看图识字”，十分容易。二年级的级任老师是姚光粹，三年级是汪学海，四年级是胡丕光。除了国文课一概由级任老师担任外，其余如算术、英语、常识、绘画、体操、手工等课都有专业老师担任。记得汪孟养先生是算术老师，他爱好书法，常把我父亲临摹的颜真卿《麻姑仙坛记》大字拿去当字帖。汪老师后来一直在宁波女中当教师，教过我的前妻数学，是当时有名的中学数学老师。在几位专业老师中有位手工老师张爱莲，我一点也没忘记她。她教我们折“仙鹤撒蛋”、剪纸花、在十字布上面绣花等等。张老师身材适中，容貌秀丽，和颜悦色，深受同学们欢迎。好多年以后，听说张老师拜了宁波著名中医吴涵秋为师，攻习岐黄，终于情投意合，结为夫妻。抗战中，吴来沪行医，不久当上了四明医院（曙光医院前身）院长。我和他有过几次接触，只是没问他夫人是否是爱莲老师。如果确实无误，我肯定会前去拜访这位硕果仅存的、唯一一位在上海的小学老师。英语在三年级开始，老师是一位姓虞的，他同时兼任体操老师，经常给我们做跳高、跳远、撑竿等示范动作。三年级的级任老师汪老师是杭州人，讲课时“这个”、“这个”特别多，同学要聚精会神地听他的课，才能领会。汪老师戴着一副金边眼镜，仪表非凡，给我们留下显著的印象。四年级是胡丕光老师，他是全校最年长的老师，道貌岸然，不苟言笑。他选用的课本是当年世界书局刚出版的国文课本，内容都是一些短小精悍的名篇，诸如《礼记》上的“苛政猛于虎”，《左传》上的“鉏麑触槐”、宋琬的“拥剑”、苏轼的《文与可画筼筜谷偃竹记》、周敦颐的《爱莲说》等等。上课时先由胡老师讲解、朗读一遍，然后胡老师朗读一句我们跟着念一句。隔天学生起立背诵课文，背诵不出，轻则立壁角，重则打手心，严惩不贷。这样的体罚只出现在胡老师的年级里，别无所闻，也没有人出来过问。可是我却要在这里郑而重之地说上一句，我要感谢胡老师的这一教学方法，这一年的学习，已经为我打下了古汉语的基础，让后来进入私塾“清芬馆”的学习收到事半功倍的效果。胡老师居住在城里小梁街，他早晚到校必经我家门口。他知道我家薄有藏书，是个书香门第，曾向我借阅书籍，是清武英殿聚珍版丛书中的一本《老子道德经》。约隔了两个星期，他把书原璧归赵，没留下一点折角、卷叶和纸张抓损等情况，知道他是一位爱护书籍的读者。当时我很愿意再借书给他。胡老师没说，我也没问。八九十年过去了，还留下我们师生之间这么一段书缘，真值得纪念。

在几位专任老师中，王孟器老师给我的印象最为深刻。他擅长国画中的花卉、蔬果一门。他为人随和，没一点架子。他曾经给我画过一幅枇杷，果实累累，十分鲜艳夺目，很长时间我都把它张贴在卧室壁上，可惜在卧室搬动时没有关照好仆人揭下，就这样的一个不小心，被当作无关紧要的东西处理掉了。当时我还为了这么一件事情，大大地埋怨了仆人一阵子。后来我对绘画发生兴趣，的确还是从王老师这幅枇杷画开始的。

大概在我读四年级的时候，一天，王孟器老师向同学们提出春游计划，地点就在王老师家乡奉化。游玩三天花费银元三元，景点为雪窦寺、千丈岩、妙高台和三隐潭。这是当年小学生活中的一次旅游福音，哪肯放弃，回家跟母亲说了，母亲一口答应，届时就和同学们一起带着十分兴奋的心情出发了。参加春游的有二十余人之多。路线安排是：第一天上午搭乘鄞（县）奉（化）小火轮经奉化江抵达奉化，步行经萧王庙到雪窦山，当晚宿雪窦寺并晚餐。第二天一早在寺早餐，即起程步行，经入山亭到妙高台，观看千丈岩瀑布。然后下妙高台步行至三隐潭，游毕回宿寺内。第三天一早搭柴船由水路至湖西船埠上岸返校。

旅行由王老师亲自带队并照料，来去平安。一路上，山行之中看到了茶树上长的绿色茶果，它和小苹果一般大小，王老师摘了一个，自己先尝了一下，然后让同学们掰开分别试尝，味道是酸中带甜，和小时候常吃的海棠果一般。有时候王老师看到一些野生的白色小花，说这就是画家常绘的山矾，可是不易见到的名花呀！王老师绘画之外，其渊博的知识也着实令人佩服。

千丈岩就在妙高台的对面，这次我们没有攀登千丈岩，只是从台上眺望而已。那时正在积雨之后，所以瀑布气势特别雄伟，有如李白诗中所描绘的庐山飞瀑“疑是银河落九天”的气势。由于与妙高台距离较远，没听到瀑布落下的响声。在三个隐潭之中，由于时间关系，我们只去了一个下隐潭，倒是在这里，我们尽情享受了瀑布和潭水的乐趣。我们进入隐潭的第一个感觉就是阴寒逼人，过分凉爽。山上无数树木的枝丫交相穿插，把阳光隐蔽得只剩下几丝光芒，隐潭之名或由是而起的吧。有不少巨大的磐石沉浸在碧蓝的潭水里，一不小心就会站立不稳滑倒在潭水里。不少同学看到瀑布就在眼前，就抢着把身体凑在瀑布下面，让涧水溅在身上取乐。也有坐在石上把腿泡在水里洗脚，只觉得潭水十分寒冷而不敢久浸。这里的情景仿佛柳宗元在他的山水记中所描述的一样："其岸势犬牙差互，不可知其源。坐潭上，四面竹树环合，寂寥无人，凄神寒骨，悄怆幽邃。"我们当时也正像这位大文豪一样，"以其境过清，不可久留"，只得寻原路而回雪窦寺。

我们借宿两晚上的雪窦寺坐落在万山之中，环境当然是好的，但是寺的本身并无什么特色可言，寺内僧侣不多。我们睡在殿内的廊房里，在泥地上面铺上稻草，倒也柔软舒服。好在年纪小，吃得起苦，一天出游劳累之后，倒在地上便呼呼入睡了。吃饭也是如此，两顿晚餐吃的都是毛笋，只是和尚师傅会动脑筋，把毛笋做成各种花色的四菜一汤，使我们饥不择食，还吃得津津有味哩。雪窦寺只是一个小有名气的寺院，谁想到十几年以后这里因曾经囚禁过西安事变的不幸者张学良将军和他的赵四小姐而致名气腾扬，为世人所瞩目。同样，妙高台也一样，一个小有名气的山乡风景点也经历了由枯而荣又由荣而枯的坎坷命运。

那时的妙高台往游的人并不太多，因之十分清静。它负山面瀑，气势高亢。台上满是巨大松树，只见松鼠在树丛中跳来跳去，不时发出吱吱的叫唤同伴的声音。这里有一所破烂瓦房，一个老和尚在此守护。老和尚就在台上隐蔽处设下陷阱捕捉松鼠。陷阱的设计十分简单，只是用五块砖块搭成小屋，门前的一块砖头用树枝撑起，松鼠一碰到树枝，砖块就会自动将门封闭，在里面觅食的小动物就怎么也没法挣脱出来了。听说老和尚用这个十分原始的捕捉方法还屡屡得手呢。那时一只松鼠能售一块银元，和尚借此得以贴补生活。说到松鼠也的确好玩，它全身长着暗绿色的绒毛，拖着一条蓬蓬松松的大尾巴，骨碌碌的两只眼睛老瞧着你的动作，在你掌心吃水果或谷粒，吃时会剥去皮壳，只吃里面的东西，一下子把食物吃个精光，毫不费力，也毫不浪费。过去我父亲就是这个小动物的爱好者，他用剪刀剪去松鼠的爪尖，让它从袖口爬到背后去搔痒。但松鼠和家鼠一样害怕猫咪，把它关在铁丝笼里，不久就会一命呜呼，极其难养。

我们这次去奉化春游，还在北伐之前，北伐之后奉化大变样，妙高台从一个稀为人知的胜地一跃而为贵人的休沐地，在台上盖起三开间洋房供贵人于日理万机之暇来此休憩。后来，听说张学良将军曾经一度被囚禁在这里，将军在失意之中，在台上时时放起鞭炮，这或许是宣泄他愤恨不平心情的一种方法。一时间，山鸣谷应，也算是苦中作乐吧。

我在四中附小多年，但是从来不曾见过校长，也不知校长是谁。倒是四中校长我们见过一面，而且还听过他的演讲。他就是经亨颐先生。这是在一九二四年列宁刚逝世的追悼会上。地点在第四师范的操场上。那时年纪小，根本不知道列宁是谁，只知道他是俄国革命家，一位和中国的孙中山先生同样了不起的人物。经校长个子矮小，上唇蓄有两撇金光闪闪的小胡髭，说话声音很轻，根本听不清说些什么，大约不到个把小时就散会了。不久在校里传出消息，说是经校长遭政府通缉而离校出走了。隔了多年之后，才知道经校长是国民党左派，无论在北伐之前，还是在北伐之后都有遭通缉可能。经校长是一位著名人士，政治上是国民党的元老，教育史上是上虞县白马湖春晖中学的创办人，艺坛上是“寒之友”社的骨干。是一位集诗、书、画、篆刻于一身的艺林前辈，我敬之重之。我有过他的一幅集《爨宝子碑》字的大对联和画幅，现在不知流落何方！对联的上款是“槐堂先生”，下款是“十八年亨颐”，下钤“经亨颐、颐渊”两印。槐堂是宁波江北岸觉济医院院长杨槐堂，不是陈师曾。北伐之后这位在宁波不甚得意的西医杨槐堂，忽然福星高照，因他和国民党内军人蒋鼎文（字铭三）有诸暨同乡关系，被任为蒋的私人医生并在军中官至少将衔军医处处长（一般这个官职只能是上校）。抗战胜利后，杨辞去军旅职务，在上海河南路五洲药房大楼悬牌行医，和妇科名医杨采芝同用一个诊所，不久在沪逝世。

最后我想谈一谈发生在附小里的一场教育大改革。但是那时候我们年纪太小，只是把这一大改革当作饶有兴趣、闹着玩的事情。一天老师说，我们要实施“道尔顿制”了，既没说出这是个什么东西，也没说出怎样配合实施的方法。说了就做，一时间，各个班级里办起了“小邮局”、“小银行”，引起一番乱哄哄的热闹场面。由级长向同学分发预先印制的仿真邮票，叫同学们向别的年级熟悉的同学写信，然后把信投入自制的邮箱，由专人开启递送给收信人。同时，不知是谁叫我们向“银行”存款，由“银行”给出存折，现在已记不得当时用的是铜元和银角子真的货币，还是用学校预制的“钞票”。此外，手工课上老师拿来毛竹给同学，叫同学“发挥各自的才能”，把毛竹制成对联、笔筒和臂搁之类的文房用品。一时间在手工课上拿刀劈的劈，锯的锯，削的削，忙个不停。记得就在这时，我拿回一段毛竹制成了一个臂搁，还请父亲给我写上“耽书是宿缘”五个篆字，并由自己镌刻后放在家里。直到抗战中才丢失，迄今还时时想念着它。记得这次手工课上，老师并不参加劳作，只是从旁照料，免得学生弄伤手指，发生意外。

上述的“小邮局”、“小银行”，以及同样的手工课进行过一次以后，学校再没做过第二次尝试，而“道尔顿制”四字也再没有人提起它。

想不到在抗战中我在上海遇到当年的同班同学翁景惠、翁信惠姐妹俩，无意中谈起当年四中附小的各种情形和“道尔顿制”，信惠说，“这是当年国外最先进的教育制度（The Dalton Plan）。那时我们还处在二十年代，在小学里推广这一制度可真了不起呀！”后来我查了《辞海》，才知道“道尔顿制”是怎么回事。据《辞海》介绍，这一制度自一九二〇年起才实行，这个年代正是我们在四中附小当学生的年代。四中附小得风气之先，而我们又躬逢其盛，真该在这里大大地记上一笔。

初小四年之后我升入高小部学习，但是高小两年中的情形现在却一点也记不起，没法加以叙述。

只记得高小主任是王任叔先生，解放后才知道他就是新文学作家巴人。他一度出任我国驻印尼的大使。前此另有一位留美、法回国的洋博士主任，可惜已记不起他的名字，后来我曾不止一次怀疑过这位附小主任可能就是“道尔顿制”的推行者。

在四中高小先我而毕业的有过当代书法家沙文若（即沙孟海），中科院院士、地质学家翁文波和后来毕业于中央大学而成为南京政府公务员的张宗良。高中部墙上曾经有过他们三人的褒奖状，上述名次就是从奖状中记下印入脑海直至今天。至于我的小学同学现在能够记起的有宋起雄，他是机坊小老板；有严光宇，他是打算盘的圣手；有汤富民，后来因同在上海而有过联系；有朱大榆，他是大收藏家萧山朱鼎煦（赞卿）的儿子，以及上面提到过的翁氏姐妹俩。此外还有宁波名士访庐戴季石先生的几个儿女：戴天吉、戴天道兄弟和戴慈安、戴和安姐妹。这些同学都早已离开人世，而我还活在这个世上，有这么一个机会给我来追思他们。

最后，我想把高小毕业时学会的一首毕业歌记在这里，作为本文的结束。歌词是这样的："石榴花开，暑假到来，我们就要分开。Good-bye，Good-bye！"

时年九十六岁

抗战前后

今年是中国人民抗日战争胜利六十周年，有幸参加这个座谈会十分难得。

全国性的抗日战争第一枪开始于一九三七年七月七日的卢沟桥，同年八月十三日淞沪战争爆发。

八一三抗战发生前夕，我正好读完大学一年，以大一学生身份参加上海市大中学生第三届集中军事训练，简称“沪三集”，集训地点在本市西北角的华漕镇，参加人数约一万人。集训总队长是国民党的八十七师师长王敬久。副总队长是李骧骐，少将军衔。我被编入第二大队，队长是八十七师某团上校团副谢克家，分队长是该师的一个中校营长，班长是一个湖州籍的老兵，除分队长具有“丘八”作风之外，大队长和班长都和蔼可亲，而谢克家说话风趣幽默，受到大家欢迎。

集训时间原定一个半月，不料由于"七七"枪声骤起，时局日趋紧张，只得提前结束。集训之后，我们光荣地获得了准尉的军衔。

集训期间，曾陆续地听过几位南京政府大员的报告，记得有汪精卫、孙科、陈立夫三人。当时市长是吴铁城，他在最后结业式万人大聚餐会上才到会作了讲话，他一口广东官话，吐辞迟缓，一字一顿，显得十分谨慎。陈立夫演讲中大谈其新儒学思想，多次引用数学方程式。由于当时还没像今天那样的扩音设备，站在万人大会上发言，后面的人是没法听清楚的。倒是行伍出身的师长王敬久，说话直截了当，掷地有声，他说："我的队伍在七个小时内就可动员完毕，进入阵地应战。"因受一九三二年《淞沪停战协定》的约束，上海周围若干公里范围之内，不让中国驻扎自己的军队，军队只得部署在苏州以北的京沪线上。所以部队动员要花些时间。王敬久敢于说出七个小时内动员完毕进入战场之语，在当时肯定是句实话，绝不是什么豪言壮语。当时听后，大家感到十分兴奋，以为打败鬼子出气之日不远了。结业以后不久，我回宁波度假，不料淞沪抗战就在我返乡以后第三天爆发了，宁波栎社机场受炸，全城震骇，不得已下乡躲避，就在宁波樟村陪着父母达半年之久。后经过母校教务长乔典爱(R. P. A. Gaultier)同意，我休学一个学期。

直到一九三八年秋季我开始继续大二的学业，顺利地升入大三年级。回校以后，听同学说，八十七师、八十八师首起应战，牺牲最为惨重，八十七师除师长王敬久外，几个团长全部壮烈牺牲，谢克家死了，铁教官(八十七师营长、驻校军训教练)也死了，听后为之黯然。谢克家是新认识的，铁教官是相识较久之人，我想那位朝夕与共的湖州籍老兵，肯定不会活下来，成为国殇。六十年过去了，这些小事一经想起，心里一直为之难过。

二〇〇五年八月

我的闲章

闲章别于名章而言，名章只供个人使用，闲章就不一定了。在时过境迁之后，还可以转赠别人继续使用。我过去就曾有过几只前人的闲章，如“××草堂”、“××书屋”、“子孙永保”等等，因不适用，都给磨去印文，另派用场。

我自幼爱好书法，好像一生中从未放弃过毛笔。退休以后用毛笔的机会越来越多，抄书、起稿、写信，多半用的是毛笔。同时求我写字的人也不少。为了让字幅更加美观，除了钤盖名章之外，也使用起闲章来了。诸如起首章、押角章等等。

记得快近八十岁的时候，曾经刻过一方“八十在望”的闲章。当步入“杖朝之年”之后，又请人刻了“八十外人”和“八十后作”两方闲章。不久，十年过去，九十之年忽焉已至，这些闲章已经完成了自己的使命，再无用场可派，我就拿它送给两位年事稍轻的好友，一位是诗人王忍庵兄，另一位是享有诗书画印四绝之誉的喻蘅教授。他们觉得石章刻得还不错，可以拿来使用，就都欣然收受了。不久，我在许多场合看到他们真正在加以利用。物尽其用，一点也没浪费。“八十外人”是杭州印人冯屯公的作品，其余两方是周宓所刻，这位当时的年轻人现在已是某大学艺术系的副教授了。

书法之外，我也爱好诗词。我学诗较早，在抗战中经好友诗人柳北野（璋）兄之鼓励有所习作。对于填词，到了抗战胜利后的第二年才有一首《苏州灵岩怀古调寄八声甘州》的长调。这是我的处女作，已经在浩劫中毁弃不存。

“文革”以后我在前辈诗人的教导和良友的嘉勉下，学诗填词齐头并进，曾经请了当代金石名家高式熊姻丈刻了一方“老去填词”的闲章。这四字来自清代浙派词学开山祖师朱彝尊的“老去填词，一半是空中传恨”的名句。但用此四字刻做闲章不是从我开始，在我之前早已有人用它了。我在清代嘉（庆）、道（光）名家墨迹卷册中已数见不鲜。我只

周退密 时年九十又三

是袭取前人之余智罢了。高老以擅长细朱文驰名艺林，我的这方闲章是他中年之作，篆法刀法，俱臻上乘，是件可传作品。

我们同胞兄弟四人，以仲、仲、叔、季为序，我居季，父亲给我的字是“季衡”二字，我把它改为“季子”作为笔名。后来刻了一方“季子平安”的闲章用于书信上面。此四字来源于清初词家顾贞观给他的好友吴汉槎的一首脍炙人口的词作，词的劈头第一句是“季子平安否”的疑问句，我把“否”字去掉，改为陈述句，觉得既能切合我的身份，同时也能表达我的目前情况，是一方恰到好处的闲章，有朱文也有白文，有大的也有小的，供不同场合使用。

现在谈谈刻者的情况。

第一方作者是上文提到过的同乡诗人柳北野。他对篆刻自视很高，他自称“江南第五铁”。他说他是继吴昌硕的“苦铁”、王冠山的“冰铁”、钱瘦铁的“瘦铁”、邓散木的“钝铁”之后的“红铁”。足见其对篆刻一道之自信程度了。当匡亚明先生担任南京大学校长时期，北野曾应邀请在南大给部分师生作过诗词和篆刻方面的学术报告，获得好评。他于一九九四年被聘为上海市文史馆馆员，不幸才两年就与世长辞，长才未展，士论惜之。北野于诗词之外尤精书法，大篆更为奇伟。由于上海文史馆没有他的作品，我就把他过去写给我的四尺整幅《石鼓文》捐赠给文史馆，给老友留个墨宝。北野著有《芥藏楼诗》（附《望海楼词》，已梓行）和《红铁楼印存》（未见印本）。另有一方“季子平安”的刻者为周节之兄。他是宁波刻印世家“翰墨林”的第三代传人，西泠印社社员，也是沙孟海先生的弟子。今仍健在。另二方刻者是我旧邻居杨迟春兄，他是一位无师自通的书画篆刻家。今年高龄九十二岁，老当益壮，写作如旧。尚有两方仍是周宓所镌，仿汉印刻法，甚为高妙。四字闲章也曾经请当代名家陈茗屋刻过，惜遗失已久，不能经常取出，摩挲玩赏。

一九八八年我进了上海市文史馆，曾请苏州篆刻名家张寒月刻了一方“文史忘年”的闲章。稍后，又请海上金石名家王福厂的门人、同馆徐植镌了一方“文史延年”的石章，一直使用迄今。

近年来，我获交好几位中青年篆刻家，他们是上海的顾惠敏、安吉的金翔、海宁的汤奇石，都是篆刻方面的能手。他们给我刻的闲章有“食有鱼”、“出车食鱼”、“秋老虎”、“晚晴幽草”、“安亭亭长”、“抱砚老人”、“石窗”、“与草窗同姓梦窗同里”等等。这些闲章都成为我日常用品。通过它们，能够反映出我晚年的某些生活细节。尤其是这方“与草窗同姓梦窗同里”的九字闲章把我的姓氏、籍贯都说明了，尤觉有趣。不过，此印看似闲章，却满含着它的专用性，一旦时过境迁，转到别人手中不一定能继续用它了。

脱稿于二〇〇六年八月八日

我的书缘

《开卷》主编董宁文兄十月十一日来信，希望我谈谈我和书的缘分，真是一个好题材。在写过《我的书房》之后，进一步写一篇《我的书缘》，正是顺理成章的事情。

我自六岁进小学识字开始，就和书结下深深的缘分。有些事情在《我的书房》中已经提到过，如晒书、修补书籍等细琐事情都是和书有缘分的人才肯做。我有三个哥哥，除了大哥比我大十二岁，过早地离家远赴福州当公司秘书外，其余两个都相差不过四五岁，一样生活在这个薄有藏书的家庭里，上中学读书，却对书熟视无睹，对于晒书、修补书籍等琐事一点也不感兴趣。这中间就存在了与书有缘和无缘的差异了。我因为喜欢中国的旧文化，自然而然产生了爱护书籍的心情。诸如在书橱里放置樟脑粉，把断编残帙换上新的丝线或新的封皮纸，把掉了标签的书籍配上新的以便于寻检。有时因为自己的字写得不好，还特地请求住在我家的一位叫潘九如的世伯题写，请他抽烟，代他磨墨。这位潘老先生的父亲是一位老学究，曾在宁波湖西设过私塾，我父亲和堂伯父、堂叔父三人童年时代就在那里读的书。这位老世伯一生坎坷，长期失业，遇到赋闲时便在我家食宿。还不时地向我母亲讨零用钱买香烟吃，一给就是四角（四个银角子）或一个银元。平时我们家里人暗地都叫他做"潘老大"，连佣人也瞧不起他，说他勤吃懒做，不争气。我却以为他也是一个读书人而且写得一手好字，十分看重他。他知道我喜欢书法，曾经给我求来当年宁波城内极负盛名的书家高手王昆玉的一副七言对，并代我向翰墨林刻字铺以四个银角子的代价刻了一方"矶痕"二字的石章。抗战前二三年，他因罹时疫送医院后不治去世，享年六十有余。一位忠诚老实、与世无争的文士就这样默默无闻地离开了人世。

我和书真可谓之情有独钟了。记得童年时代放晚学回家，就向母亲要了书楼的钥匙，独自一人上楼开启书橱，有时并不是为了看书求知识，而是去闻闻从古籍中间散发出来的一种氤氲香味。这可能就是人们常说的书香门第的“书香”吧。开启书橱以后，常常抽出一部看看翻翻，立即又把它放回原处。有时只是立着看看书的标签，摸摸刻本的书根也会觉得有一种说不出的快乐，真可谓之爱书爱到发痴的程度了，真的和书结下不解之缘了。

然而天下凡百事情没有一成不变的，岁月在变，社会在变，我的一生也在不断地变化。终于一九三七年抗日战争全面爆发了，全家为了逃避日寇飞机轰炸离城出走，到了离城厢八十华里之遥的南乡樟村暂时居住。到了第二年我拜别了父母，撇下妻儿，只身来沪继续我的因战事中断一学期的大学法律专业。从那时起我多半生活在上海，在童年时代和书结下的缘分便日渐疏远。不久母亲去世，家中失去了重心，失去了凝聚力，一向和乐的气氛消失了，直至后来的书散、人空、楼毁，再也找不回童年时代的影踪了。这真像孔尚任在《桃花扇·余韵》中说的"眼看他起朱楼，眼看他宴宾客，眼看他楼塌了"的悲惨情景。其实"天下无不散的筵席"，区区一己之得丧，一家之兴衰，又何足道哉！下面就谈谈我几桩平凡无奇的书缘吧。

一九六四年夏天我去宁波老宅看望大哥，在东门街（即中山东路）旧肆中买到一部《诗经汇纂节录》残本两册。是一部极不起眼的手抄本，系过去科举时代寒士手抄用作参考之用的经部书籍。我向来有个脾气，就是每到一地总要买本书回来以供日久怀念之用。这次偶然发现这两本残帙，觉得抄得还算整齐清楚，而且每页上头留有较多的空白可供眉批之用，在横挑竖挑、无所中意的情况下就花了贱值把它买下，作为此行的纪念。得书之后，写有题志，兹照录如下：

> "甲辰长夏访仲兄（大哥）于故居，阅肆于东街，觏此买得之。退密。"
>
> "甲辰为一九六四年，距今已历三十三载。是岁予五十，仲兄六十又二，两年后仲兄下世，劫中予亦屡濒于危。六丁下取，此册尚存，亦

書緣

寧文先生雅正

周退密 時年八十又九

書緣

寧文先生大雅

八九叟周退密

云幸矣。丁丑四月廿八日，八四叟退密记于安亭草阁。”（在第三册《国风》的护页）

自得此残帙之后，我把《诗经·国风》重读几遍，每读一章辄将心得体会用朱笔毫无顾忌地写在上面，对过去前贤的一切穿凿附会的陈腐之谈几欲一扫而廓清之，用“以诗解诗”的方法来认识《诗经》。过去早有此愿，由于怕把书弄脏，见解不正确，所以不敢轻易下笔。现在好了，遇到这种无足轻重的抄本，就可不顾一切、信手涂抹了。不然的话，我对《国风》的一番谬论还会闷在肚里得不到宣泄、表达。

我爱好有正书局出的线装书，有一本《〈盱江集抄〉〈止斋诗抄〉合本》在童年时代已熟知其名了。由于有正书局歇业已久，书的印本稀少，迄未买得。不料一天无意之中竟然在一个冷摊上遇上了，便斥贱值袖之而归。书的封面上赫然有“周作人”三字的名印，为之大喜过望。然亦不能无疑。觉得苦茶庵主一向在北京，此书何以流落在上海；其次，我对主人的名印从未见过，真伪莫辨。是否有好事者故弄玄虚以抬高书的身价？总而言之，疑不能释。当时我在书内题有数行，兹照抄如下：

"苦茶庵主人旧藏之书，得者珍之。四明退密题。"（在封面）

"退密老人想念此集四十年矣。今始买得，可云幸矣。"（朱笔在护页）

"此本未知是否从《宋诗抄》而出，中多讹字，无从校定云。"（在护页）

这本书买后不久，便碰上"文革"，厄运如火如荼地扑人而来，为防止引火烧身，凡是书上留有"忌讳"的痕迹都在歼灭之列，周氏名印当然亦在劫难逃。此种情景在今日想来未免幼稚可笑，而在当时心惊肉跳的环境下有谁不会这样做呢！

清代杜云川（名诏，字紫纶）撰著的《读史论略》是一部有名的著作。童年时代在清芬馆肄业时就想读它了，但是一直没有机会。七年前忽然在一冷摊得之，真是有缘。书上写有题语，兹照录如下：

"《读史论略》为过去士子诵习之要籍，熟而背诵之，可得二千年史事之概况。予童年即

知有此书，晚年始遇买，然已不能效儿时之占毕矣。可慨也乎。退翁年八十有五检出记。”（在封面）

我过去有过不少书籍，一部分出自我大哥所赐。可惜数十年间，几经丧乱，所存只寥寥数本了，百分之九十的书已经一去不复返，此事说来话长，很想再撰写一文加以缕述，以示我们手足友爱之情非同一般。为了赶紧刹车，我再检出一本《两罍轩尺牍》来说明我的书缘。

《尺牍》著者吴云（号平斋）是清季咸（丰）同（治）年间的一位大收藏家，和他打交道的都是当时的一些名臣巨公、硕学专家。本书所涉及的方面十分广阔，有政事吏治、金石碑版、收藏鉴赏等等，是一部具有史料价值和文史知识不可多得的好书。我大哥知道我酷好碑版字画，就举以相赠。这部尺牍屡加翻阅，曾在书内题有数行，兹照录如下：

“此书为先仲兄（旁注：讳昌铭字仲新[一九〇二—一九六八]）喜谈太平天国事，于金石书画一无所好。而吾两人极相得，久别重逢，往往作竟宵之谈。回念前尘,渺如隔世。仲兄殁已七年而予亦垂垂老矣。睹物思人,泚笔泫然。四明退密于海上寓庐,时乙卯(一九七五)仲春二十五日。原纸破损,重录旧题于此。八十一叟退密。”

二〇〇五年十月二十一日于上海

我的养生之道

我生于一九一四年九月，不知不觉地到今年已经活了九十三个年头。我从小体弱多病，即便在三十岁前后，身体也不见佳，打针吃药是常事。我生下来平脚，上小学时跑步比赛总是倒数第一。所以从小不爱好运动，缺乏锻炼。我有三个哥哥和一位二姐，他们都会骑自行车。我胆小，怕痛，看他们边学边摔下车来，我害怕不敢尝试，所以到老不会。现在见到我的邻居几位老人经常借自行车代步，在马路上悠闲地“按辔缓行”，常常为之羡慕不止。

我童年时代受父亲影响，曾经接触过一些中医经典，它告诉我一些养生之道，如《内经》说的“冬不藏精，春必病温”这句话。当我结婚之后一直奉为信条。其次，我父亲早年是一个失意于科举的人，后来又是一个失意于商业的人。由于他深谙老庄之道，能够把人世间的一切功名利禄看得极淡，把人世间的一切得失看得很轻，才使得他一卷在握，怡然自乐，安度晚年。他的这种心态肯定就是他的养生之道。这或多或少地影响了我的部分人生观：“不汲汲于富贵，不戚戚于贫贱。”

古人以“慎言语，节饮食”为养生之道。我现在是每天早餐一杯牛奶，两片面包，午、晚餐各一小碗米饭。自从北方回上海以后，很少吃面条和馒头。其实麦食比米饭容易消化，更富营养。菜肴则粗细不论，从不挑剔。蔬菜在必吃之列，水果也不缺乏。由于患上痛风之后，好些东西都不能吃，如海鲜、豆制品、菌类等等都在禁吃之列。

特别是从一九三三年起，我和猪肉断了缘分。按照中医理论，“猪为寒水之畜”，吃猪肉会生湿生痰。我一生除了伤风咳嗽会有吐痰现象，平时从没这种毛病。这可能就是不吃猪肉的好处。其次，《内经》上还有一句名言：“膏粱之变，足生大丁（疔）。”意思是说：饮烈性酒和吃肥肉极其可能会引发疮毒。过去我有过好几位亲友都因爱喝烈性酒和吃大口的肥肉而患上了癌症。书上说的“大丁”可能就是今天熟知的肠癌或胃癌。这只是我自己的体会，并无科学根据。听了我的话大可不必顾虑重重。如果有些可信之处，不妨提供给病理学家作为参考。

我爱好书法，退休以后借此消遣。时常有人恭维我，说是书画家长寿的多，你老一百岁没问题。我说写字只是轻微的体力劳动，对身体健康有帮助，但是成效不会太大。借此习静，对于心身两者都会有些益处。至于寿命长短，还得看他本人的体质以及如何讲究养生之道来决定。画家中有长寿的齐白石，也有短命的陈师曾，不是很明显的例子吗？

为了防止老年痴呆，我每天从事脑力劳动，通过写作诗词去活跃思维。我目前状况是神智清爽，视听聪明，和某些老年人相比并不见差。这主要应归功于社会的安定，医学的进步和我有规律的生活习惯。这也与我老伴和小辈对我的护理和关怀分不开。

古稀不稀，期颐可期。生命只此一次。人活在世界上总得为自己、为社会留下些什么去报答国家和社会。只有这样，活着才有意义。现在对我来说，要做的工作不少。可是留给我的时间却愈来愈少了。大有孔老夫子“加我数年，五十以学易”的迫切愿望。除了保持健康，延长生命为继续工作创造条件之外，再没有什么东西比这更重要、更迫切了。

最后，我想用两句话来结束本文：

长寿不是目的，长寿只为工作。

二〇〇七年

回忆樟村

一九三七年下半年，日寇飞机轰炸位于宁波市近郊之栎社机场，轰炸之声波及全城。我母亲建议全家暂避农村，由父亲决定去离城八十里之樟村躲避。时全城人心惶惶，均下乡避难。父亲之所以选择樟村，他有数点主见：首先是太平天国时，太平军占领宁波城乡，但未曾进入过樟村，未遭兵难。其次是樟村山水清幽，民风淳朴，适宜住家。再次是樟村出产中药材贝母，清代大学者全谢山（祖望）有过“种谷无如种药材，南村土地尽堪栽”这样的描述。趁此机会不妨前去实地考察一番种植贝母的情况，因为我父亲是汉口中药店保和堂的老板，为以后进货是否道地做个比较。再其次，去樟村必经曾祖父天爵公和祖父文涛公之坟墓，以后可以就近祭扫。

基于这几点原因，他毅然决然地就在机场被炸一天之后，立即雇船，在邵家门内租下厢房一间，次日即由母亲率领大小一起下乡。船出南门，六十里抵达鄞江桥，即从鄞江桥乘坐竹排，二十里抵达樟村文昌阁下船，由邵家老伯伯迎入屋内，先只一间，后加租隔壁一间，次日邵家再让出楼上媳妇住的一间，供我夫妻及儿子居住。如此情况直至我于一九三八年暑假后只身来沪继续上完大学为止。自那时起，亲友们来樟村避难络绎不绝，有叶家五姨母和她的两个孙女，有表姐王家金妹大姐及其小辈，内中即有后来成为名记者的外甥徐开垒（开垒为我表姐夫徐禾载的小儿子）。表姐金妹为我黄家大姨母之女，表兄黄金贵之胞妹，从小在我王家大舅母家养育成长，故称王家金妹大姐。后大舅母续生次女阿玉（适三七市董小相），三女金玲（适鄞县苏经田，经田为富商苏宝森长子，长住上海）。

我在樟村随侍父母时期，因为父亲是中医，不时有农民上门请他看病，碰到病人不能行动，便请父亲出诊，一概不收取诊金。常见农民老的、少的、男的、女的，手提芋艿、糯米、母鸡、鸡蛋等物过来致谢。一日，忽见有个身强力壮的庄稼汉带个人来请父亲出诊，一问之下，才知不在樟村，而是在距樟村二十里之遥的梁弄山区。父亲那时已高年六十岁，告其路远身弱，是否由儿子代去，说我也是学医的，是宁波名医陈君诒的学生。来人一口同意，坐上轿子直至梁弄地方下轿。一路山峦重叠，风景宜人，好不欢喜。由来人引入一房，只见有三张床铺，室内一无陈设，不类一般农家卧室，一壮汉发烧，卧在床上，见我来则面有喜色。我即为之把脉，似属一般寒热，即开一方，退热解毒，临走嘱其服用三剂，三剂不效再来叫我，一定再来。就此先辞，由原轿打回。回来将处理经过，所开脉案，一一禀告父亲，他说即使他去，也不过如此拟方。我闻后心中感觉踏实。

此事经过已近七十年。最近几年常听有人提到四明山游击队即新四军浙东纵队，其队部即在梁弄。在抗战八年期间，这支队伍同其他队伍一样，立过战功，颇多业绩，因而联想起当年出诊情景，和四明山游击队组织是否有关，这个地方是否就是根据地所在，当年患病之壮汉，是否就是他们的一员，常常为此而产生不少幻想。

去年冬间，陆君永祥寄来其大作《2005年浙江省四明山诗联大会吟稿》，有《梁弄吟》、《四明山革命胜迹吟》、《梁弄行》等词作，写景抒情，十分可诵。我过去得履革命胜地，尤其难得，因之提起上述情形，永祥君以为不妨记录下来，作为当时抗战时期的一个小小侧面。不过当年这位病员是否即为新四军之一员，我无法证实，如果不是的话，那就过分平凡，不值一提了。

二〇〇五年一月

人去嘉音在　思之增惆怅

——为纪念施蛰存先生逝世三周年而作

解放前一年我承大同大学校长胡敦复先生之聘，承乏该校大一国文教席。下一年施蛰存先生来校任教，在教员休息室里初次认识了他。记得那时他四十五岁，我三十六岁，他已是翻译界里的知名之士了，而我只是教员队伍中的一个新手（novice），心中不免感到惭愧，不过同时也感到荣幸，立意要向这位心仪已久的前辈好好学习。

在日益熟悉的过程中，知道他曾经在我母校震旦大学特别班（le cours spécial）念过法语，问我是否认识樊神甫（R. P. X. Tosten）和庞伯龙先生。我说我都认识，樊神甫还是我刚进震旦预科（cours préparatoire）时的正音老师，也是我们第七宿舍的舍监，是一位朝暮相见的怪老头儿（庞先生没教过我，但是每年母校举行毕业典礼时，他协助教务长给预科学生颁发证书）。记得施老在某篇文章里提到过这位教育有方的外籍老师。施老曾经问过我樊神甫的名字怎么拼写，我告诉他应该写作Tosten，而后来在他出版的集子里却变成另一种写法，显然有误。樊神甫，有人说他是德国人，也有人说他是法国阿尔萨斯人（Alsacien），这个省在普法战争之后曾经一度割让给普鲁士，所以樊神甫的模样、性格、名字和一般法国人都有所不同。这些都无关紧要，聊供谈助而已。

施老和我都爱好被称作“黑老虎”的碑帖拓本，两人便有了许多共同语言。有时两人都肯拿出各自的藏品以供赏奇析疑，甚至互赠所藏，毫不吝惜。

虽然我们两人都爱碑拓，但是目的略有不同。施老主要在于将碑文作为文史研究的一个方面，他的《水经注碑录》就是一个例子；而我的目的则很单纯，只是想将碑上的不同风格作为临摹、参考，使我的书法能够博采众长，融会贯通，精益多师，为我所用，免得墨守一家，成为三家村里的老学究：“不知有汉，无论魏晋。”

我爱好临池。有一次施老上我家，我正在临写《峄山碑》，他说你写得太细，不够粗。我说小时候学写篆字从梦英《说文建首》开始，走的是清代小学家的路子，一直以笔画细而有劲为贵，所以改不过来。后来看到洪亮吉的篆字真叫人五体投地。洪氏用笔圆而有劲，用墨润而不濡，结体圆浑，气宇轩昂。洪氏最大的优点全在于线条较粗，他的优点，正是我之不足。洪氏篆书远过钱坫、孙星衍等人作品，其道理亦在于此。施老虽不习写篆字，但是对我的欠缺却能一言中的，令人钦佩。最近有人给我出版一本书法集，里面有几件篆书作品，可惜不能起施老于地下而给我提意见了。

在二十世纪"四凶"垮台之后，施老多次劝我写文章，他曾恳切地对我说，诗不要写了，还是写写文章吧！他的用意我可以猜到几分。首先是写诗不难而要写好难。其次是诗无达诂，容易被人误解，弄不好会重演"乌台诗案"。苏轼的表兄弟文同不是有过"北客若来休问事，西湖虽好莫吟诗"那样的告诫吗？话虽如此，由于我积习难改，以此自娱，不能自休。在退休以后的二十年中居然写了四千首以上的诗词(据友人不完全统计),年前已把它拿来自费印行,分赠友好。记得第一本叫作《捻须集》的五言律诗集印出时曾托人送给施老一本,请他指正,可惜那时他已抱病卧床,肯定没有精神去看它了。

此顷为了纪念施老而写作此文,感到下笔迟钝,辞不达意,却已三易其稿,花费了不少精力和时间,再一次想起施老过去对我的劝说是多么的重要。如果听他的忠告,学会写文章,肯定要比歪诗劣词受用得多了,又何至于此刻之冥思苦想,局促得像一匹辕下之驹。

二〇〇六年五一节脱稿

施蛰存先生百岁寿言

藏山事业三千牍，住世神明五百年。

——清·梁同书祝袁枚寿联

今年十二月三日是学术界前辈施蛰存先生百岁诞辰。华东师范大学出版社编审刘凌先生来电话，嘱我为文参加庆祝。我和施老缔交半个世纪以上，经历过浩劫，大家都还活着，而施老登希龄，神明不衰，堪称盛世人瑞。写篇文章祝他生日，留个纪念，十分应该。但是我向来怕写文章，深恐言之无文，徒占篇幅，使人厌倦，所以心里产生不少矛盾，最后还是决定勉力为之。

施老长予九岁，按照《礼记》“十年以长则兄事之”的说法，我们二人尚在同辈之列，但我一直当他是老师，敬之重之。当我还在中学时代，他已经崭露头角，是新文学界中占有一席之地的文学家了。

我读过他创作的小说和他的翻译小说，尽管现在因年代久远已失记，但是总的印象还是有的。他文笔简洁流畅，没有诘屈聱牙的地方。创作是这样，翻译也是这样，他是我国二十世纪一流的作家和翻译家。

我和施老初次见面是五十余年前的大同大学的教员休息室。那时大家碰到新来的教师，总是相互介绍加以认识。施老来大同执教之前，我已在那里教了一学期的"大一国文"了。待下个学期他才来。我对施老的道德文章钦慕已久，曾几次三番想去听他的课，他也欣然允诺了。可是由于课时冲突，始终没听成，无缘接受这位名教授的熏陶。

在交谈中，施老知道我出自母校震旦大学，他说他曾在震旦读过一年的特别班（le cours spécial），老师是樊神甫（R. P. X. Tosten），还有一位相识的庞伯龙先生。我说这两位我都认识，都是我的老师。施老对樊神甫以一年时间教会法语，使学生能"听说写读"的四会方法，极其赞赏。由于这么一层先后同学的关系，我们之间的友谊似乎更进了一层。后来，他知道我也爱好收藏碑帖拓本，因之两人之间的话题就益发多了。在赏奇析疑的岁月中，施老终于成为我的一位良师益友，直到今天。

施老在金石碑版方面的成就是有目共睹的，他以兴趣爱好始，以考释研究终，成为他的“四窗”之一。他先后出版了《水经注碑录》、《北山集古录》、《北山谈艺录》、《北山谈艺录续编》以及《唐碑百选》，获得社会上的好评。

施老在有唐一代的碑版中，十分欣赏一些“冷唐碑”。这无异于吃惯大鱼大肉之后，吃上江瑶柱（干贝），令人有说不出的清新之感。在《唐碑百选》中就有不少“江瑶柱”供人细细咀嚼和体会。范的的《阿育王寺常住田》碑就是其中之一。范的书法出自《王圣教》，历来为人所重视，但又为人所忽略。碑在宁波市阿育王寺。碑的拓本是我在二十世纪七十年代检得后送给施老的。在送拓本的同时，我附了一首七言绝句作为“陪嫁”送去。诗是这样写的：

漫言舍利能惊俗，来抵贞珉擅妙名。

日暮精蓝钟梵静，松风吹落打碑声。

诗不见得好。但是是我十六岁那年第二次游览阿育王寺时的亲历情景。寺在宁波市鄞县(现已改为鄞州区)境内,以藏有释迦牟尼的舍利子而名闻遐迩,为国内的一大丛林。环境优美,是旅游胜地。当年我往游的时候,正值打碑工人在椎打碑文。那时僧众钟梵初罢,四周一片寂静,只听见清脆悦耳的打碑声音,随着阵阵松涛不时地散落在我的身边。

不料这首略有意境的小诗,居然引起施老的极大兴趣。这便是他后来另一部力作《金石百咏》创作的缘起。用七言绝句作为论诗、论词、论书法、论画、论印、论藏书等等并加以诠释的这种方式,由来已久,我的小诗能为施老的《金石百咏》起过催化作用,可算是一个文坛佳话。

在和施老长达五十多年的交往中,我发觉他有一个很好的美德。他没有专家教授的架子,能够做到有问必答,有求必应,诲人不倦而自身又能虚怀若谷,不耻下问。

解放初期,我有不少空闲时间,曾尝试学习翻译小说，以便加深对外文的理解能力，同时也想借此锻炼自己的语文笔头，曾以译稿请他笔削。后来他把我的译稿改了一页，作为示范。当时他还告诫我说，译文要离开原文愈远愈好。这对译事来说，肯定是一个不二法门。其次，关于旧体诗的做法，施老也给过我有益的教导。他说律诗中用作对仗的两句（在意义上）要离开得愈远愈好。后来我证诸唐宋大家之作，莫不皆然。如果能把施老这两句话神而明之，是会受用不尽的。

我说施老虚怀若谷，不耻下问，现在举个简单例子，便足以说明作为一个前辈的学者风范了。

施老曾经选编一部《花间新集》，这是继五代时赵崇祚的《花间集》而辑录的、具有《花间》风格的一部小令词集。它包括《宋花间集》和《清花间集》两个部分，使宋、清两代词家小令的精粹之作集中在一起，可免读者翻检之劳，用意良佳。书的初稿甫就，施老就携书来舍征求意见。当时情景我记得很清楚，他说我是第二个看到这书的人（第一个人可能是金山周大烈先生）。后来我跟施老说，采录颇见恰当，个别作家如常州词派开山祖师张惠言的作品似乎多了一些。我接着说，张氏作品沿袭前贤的成分较多，似乎未臻化境；姚辉第的作品则不愧为小令中之龙象，气味醇厚，自具本色，且世不多见，宜多加选录。后来张作只录四首而姚作选至十二首。这些小事，俱见前辈谦虚美德，求诸今日，不一定能有吧。

施老工于书法，但不以书法名，自视慊然。其实他年轻时临池功力至深。目前社会上重视文人书翰，我说施老之字，在今天直可大魁天下。我曾经分析过他的书法成分，不论在结构上，还是气韵上，都能神似他的松江同乡明朝人董其昌，由于耳濡目染久了，不期然而然地产生一种亲和力，起到潜移默化的作用。他的毛笔字如此，他的钢笔字，甚至圆珠笔字都达到了炉火纯青的境界。同为施老和我的好友包谦六先生就对施老的钢笔字佩服得五体投地。他之所以能够写得一手好字，是和他八十年连续不断地爬格子功夫分不开的。所谓水到渠成，熟能生巧，不是一般人所能做到的。

“文革”中施老曾被下放到苏北某农场劳动锻炼，为此我写了《寄无相江北》一诗：

江北江南浪拍天，片云来去远相连。
我方开卷闲临帖，君且荷锄学种田。
濒海应多霜后蟹，频年渐悟火中莲。
篱边吟对黄花发，聊为诗人一粲然。

此诗寄去后不久，施老从苏北农场放假回沪，一天下午送来两瓶蜜酒，说是当地名产给我品尝，并说这次再去劳动一段时间，就可结束回沪，不必再去了，当时真为他高兴了好几天。

施老七十寿辰时，我也曾赋诗致贺：

翰墨场中老伏波，七旬鬓发未曾皤。
高文小说身兼备，选学唐诗世不磨。
好古同心搜墨本，耽吟一例入愁魔。
光昌岁月人增健，著述能无安乐窝。

“四人帮”殄灭以后，国家凡百待兴。施老继龙沐勋氏主编《词学季刊》之后主编了《词学》，在词的研究和创作上都起到了积极的推动作用。从第一期起直到现在的第十四期，好像多次收有我的不成熟作品。这完全出于施老对我的关怀和鼓励，使填词代代相传，薪火不绝。

当兹施老百岁华诞来临之际，我写了这么一些琐屑而老实的心里话，用代冈陵之祝。不知施老见此能为我浮一大白否耶？

我的感悟

人生在世，无时无刻不在变化之中，草木由萌芽而至合抱参天，蠕虫由成蛹而化为蝴蝶，自身由童稚而成耄耋，父母兄弟姊妹夫妻由团聚而至分散等等，天下万物无一不在变化之中。所以佛说“无常”，老子说“非常道”，孔子大圣人，对于一部《易经》研究尚不透彻，以至于有“加我数年，五十以学易”之叹。

人在万物变化之中，有顺其道而行者，有逆其道而行者，以致所得结果，各不相同，或欢愉，或悲惨，或有益于社会，或为害于家国，成为历史罪人。

我在九十八年的历史长河中，在处顺境时，是保泰持盈，不敢妄作非为；在处逆境时，是含垢忍辱，耐心待变，听其自然，不灰心丧气，终于峰回路转，活到现在。

“行百里者半九十”,我不敢说今后变化怎样,只有我行我素,知足常乐,听命上帝安排,才是唯一的办法。

时年九十八

与友人书：谈《书简》

上月二十五承足下寄来《书简》，读附札，得悉出自此间作家韦泱先生之介，千里订交，何幸如之。濮阳这个地名，对我来说既熟悉又陌生。首先是这个“濮”字，所谓“桑间濮上”，在《诗经》上就出现过。“城濮之战”的“濮”字，少时读《左传》就知道了。城濮这个小地名，今天地图上还在。读《书简》某君文章内就提到它，说是解放战争中，朱德元帅曾经亲临其地，指挥军事。在春秋战国时期肯定也是个军事重镇。晋文公大败楚将就在离濮阳不远的城濮。

我对于书简文学并无研究，但书简文字一直爱好。过去我们一般称为尺牍，在别集中大多有尺牍或书信一门。刊有专集者更是屈指难数，如《苏黄尺牍》尤为脍炙人口。少时读过的尺牍如《曾国藩家书》，不仅普通人读它，连过去的大人物也极其欣赏的。周亮工父子编的《明三百家尺牍》以及山东

《颜氏家藏尺牍》过去都有大量出版，我早年都曾读过，不仅文字优美，而且内容丰富，引人入胜。这种文字以后不会再有。当然，古人只是古人，已经属于历史范围了。今人有今人的文风，虽是白话，写得好同样是文学。只是人事日繁，写的内容简单、短小而已。贵刊《书简》我已经读了多遍，回味醇醇，正像您来信所说，给我"冬日时光带去一点温馨和暖意"。此间已故著名老作家郑逸梅先生新近在上海古籍出版社出版了他的一本《尺牍丛话》，书并不厚，但是内容丰富。郑老是海内著名尺牍收藏家，收藏过书信逾五千通以上，曾经印过一部分名家手札。近年如缪艺风先生、沈寐叟先生都有书札影印之本，想来足下早已知道，不待烦言。

我对贵刊《书简》，又如南京出版的《开卷》一样，可谓是一见钟情，所憾者印刷字体太小，不能多看，久读耗损目力。为了节约纸张，你们只得采用这种压缩办法。希望有朝一日能用大几号字体排印出版。我对于《书简》毛边本是十分喜欢的。我过去在外国教会办的学校受教育，大学时期所用原版教科书都是毛边本，用时边读边裁开，或者想读几页就把这几页统统裁开。裁时有时用小洋刀，多半是用夹在书内的硬纸片，如名片就是很好的工具。毛边本法语叫作 La brochure，当一本书籍刚出版时常采用毛边装订形式，读后如果认为有保留价值，才叫装订铺子改装为精装本，以供珍藏。精装本法语叫作 La reliure，否则就让它“毛边”下去了。这样可以给读者节约些钱。我过去有过一些毛边书，如周作人先生的《谈龙》《谈虎》等书，都在“文革”中当作四旧和大量的藏书一起给毁了。目前还有几本漏网小鱼，如上世纪三十年代郭沫若先生等的译本以及其他三十年代的毛边本出版物，如冯沅君的《山中白云》（宋张玉田词集）。这本书除毛边外，还是用绿色油墨印刷的，有如中国藏书中的蓝印本、绿印本，弥觉可爱。

我从小读过些古书，进学堂后逐渐与古籍离去，又不从事写作，所以一直不懂得怎样写文章，尤其不会写语体、白话。主要是生长在东南方，不会讲普通话之故。给您初次写信，就写了这么多，恐怕还是平生第一遭吧！《书简》创刊号尚有余书的话，是否给我补足？得陇望蜀，请多多原谅。耑此，顺布编祺并祝春禧，全家快乐！

周退密

二〇〇五年二月五日午后于上海

退密声明

退密明春即将进入九十九岁，体力日衰，遵医生叮嘱，家人劝告，早经网上两次声明，谢绝笔墨之役。近日血压增高，行动困难，目昏手颤，字迹倒退，自观亦觉可厌，更不值大雅谬赏。因之再伸前议，停止书写。同时谢绝任何馈赠，包括大型厚重之书画册子。

倘有快递包裹寄来，一律拒收。通讯亦只限平邮来去。万一中途遗失，恕不负责。再，九九老人，读书自娱，只图安静，如无预先约定，请勿来舍访问。

为此据实奉告，绝非矫情，诸多冒渎，务希曲谅。二〇一一年十二月中旬周退密。

捐赠人周退密发言稿

各位领导，各位来宾：

今天这个展览会承你们热情参加，我感到荣幸。

去年，二〇一二年五六月间，我在《天一阁》期刊上得知童书业先生有一批文稿捐赠给了天一阁博物馆，激发我的同样想法，愿意把家藏的一批宁波乡贤以及先父周絜非和我自己的部分书法作品捐给天一阁收藏，以了却我一生的宿愿。这一想法很快地得到虞浩旭馆长的同意。二〇一二年六月六日在上海我的寓所简单地完成了交接仪式，当时《宁波晚报》于六月七日作了报道。

这批捐赠物可以分为五个部分：

一、宁波乡贤清代浙江第一个状元、第一个会元、第一个解元史大成等三人的手迹；

二、宁波乡贤清代范莪亭、王秋楂的墨迹；

三、宁波乡贤清代礼部侍郎童华的钞本日记；

四、先父周絜非和我本人的墨迹；

五、师友赠予周退密的书画作品和当代名家的诗文集家印本。

我生长在宁波月湖之滨，童年时代天一阁是我向慕和游憩的地方。现在在八十年之后的今天，能把上面所提到的文物捐赠给天一阁收藏保存，是供后人欣赏阅读的一个最理想的办法。这个举动得到我全家和子侄们的赞赏。末了谨在这里向虞馆长和袁副馆长表示感谢！向为这次捐赠活动付出劳动的各位同志表示感谢！

向各位来宾表示感谢！

二〇一三年

文史馆感旧录

自　　序

仆自一九八八年入上海文史馆以来，瞬逾一纪。十余年中，哲人其萎，逝者如斯，虽曰事理之常，亦不能不感慨系之。间尝翻阅《馆员名录》，觉此中不乏师友故旧，亦有未经识荆、奉手，而有一事一物关联其人、足资谈助者，均在感旧之列，辄各纪以韵语一联，以志吾追思之情。旬日之间，边翻阅边构思，凡得五十余人。视其所谓韵语，有类哀挽者，亦有类似章回小说之回目者，感念之余，不觉破涕为笑，为之辴然。联语之下，益以笺注，使之相互补充。昔欧阳公云“事有可纪，他日便成故事”，仆虽不文，愿借楮墨以抒怀旧之情。抄既成，名之曰《文史馆感旧录》，纪实也。

二〇〇〇年十月十五日，四明周退密书于安亭草阁。

时年八十又七

一、唐文治(一八六一——一九五四)

狼奔豕突,孤岛已无干净土;
绛帐春风,高楼忽作黍离声。

注:抗战中,交通大学曾假母校震旦大学新红楼四楼上课,一日得知唐茹经老人来校讲课,群往听之。是日老人由一中年教师扶入教室坐定,笑容可掬。中年教师分发讲义毕,启请老人开讲,老人操无锡土话,先言文章风格,记得有"阳明气势,少阳情韵"等语,旋引《诗经·黍离》为例,并不逐句解释课文,即开始朗诵,音调悠扬,一遍过后,更诵一遍,并令全班随之朗诵,一时群情奋激,声振场屋。朗诵既毕,课亦随之结束,相顾黯然魂消,大有都德(Alphonse Daudet)"最后一课"之慨。盖当时上海除法租界外,全属日伪控制,敌骑压境,群魔乱舞,

孤岛已无干净土矣。解放后朱子鹤君陪予往谒王蘧常先生于其宛平南路寓斋，始知当年此一中年教师即为先生，回忆前尘，亦感慨之弥襟矣。

二、宋国宾（一八九三——一九五六）

学富五车，肱经三折；

归胡太早，魂兮难招。

注：君为震旦母校医学院教授兼任校医。一九三三年十月九日曾为我诊病，以藏有君之处方纸得以知之也。处方用蘸水笔尖法文书写，字迹端正秀丽。君于“八·一三”沪战初起时返扬州原籍避难，嗣后即无消息。此中岁月，未知如何度得。

三、高振霄（一八七六——一九五六）

以翰林班而无馆阁习气，书法一人；

工文人画能作梅花知音，诗篇二百。

注：君出身翰苑（清光绪甲辰末科翰林）而书

法一洗馆阁习气，以《石门颂》隶笔写《郑文公》魏碑，开径独行，古今独绝。兼工墨梅，有梅花诗七绝二百首，真迹上石，为世所重。予曾于前辛巳（一九四一年）托陈七丈代求得公楹联一，字作北魏正书，文曰“其人渊深而恺悌，为学缉熙于光明”，集张猛龙碑句也，极为难得。今夏又重为潢治藏之。款题“退密世兄”，盖两家实为通家之好。哲嗣式熊，当代名书法篆刻家，亦同馆馆员。

四、丁元普（一八八〇—一九五七）

一编法制留鸿著，
两袖清风敬此人。

注：君为予震旦法学院业师之一，著有《中国法制史》，即以之为讲义。君拙于言辞，有所补充则乞灵于黑板。征引繁博，课尽而黑板亦满矣。予必一字不漏录诸书之四周，此书藏至“文革”“扫四旧”，与其他法学书籍一并当作废纸弃之。人琴俱亡，深为痛惜。

五、蒋维乔(一八七三——一九五八)

享大年功在踋趺，

曰因是老耽禅悦。

注：予少时得仲兄藏书《因是子静坐法》而好之，取效其静坐作强身之计。后又购得《续编》而读之，知前者为道家术，以却病延年、羽化登仙为终极；后者为佛家言，以了生死、证善果，往生极乐为宗旨，诚非钝根浅学如某所能言也。

六、平海澜(一八八五——一九六〇)

大同世界归空想，

危局扶持仗此公。

注：解放前予以汪季陶(景侃)师之介、胡敦复校长之聘，承乏大同大学大一国文教席，时君为副校长，主持校政，经常在校。君忠厚长者，书生本色，于年轻教师与名教授一视同仁，为一众望所归

之老教育家。大同外文校名 utopia，汉译“乌托邦”，所谓空想社会主义也。解放后大同一度陷入群龙无首之境，盖此时胡校长在美讲学不归，乃弟刚复教授欲入主大同而为部分名教授所阻，终于以选君为校长而得平稳过渡，以至于院系调整。胡氏兄弟三杰，明复其季也。三人予得识其二，亦平生之幸也。

七、姚虞琴（一八六六——一九六一）

花人会里灵光殿，
芳泽畹中王者香。

注：先从伯父湘云公曾在沪创“花人会”，每春秋佳日，集一时名流知交作赏花文宴之举。人往风微，花人会几不为人所知。一九四三年湘云公弃养，君亲临吊唁，因得识荆。君长湘云公十二岁，盖此时已为硕果仅存之会中人矣。君蔼然长者，善画兰花，近蒋予检一路，书卷盎然，为人所宝。

八、江恒源(一八八五——九六一)

是教育家，亦老诗人；

导黄河源，饮长江水。

注：职教派三巨子，曰黄炎培、曰江恒源、曰俞寰澄。抗战前予已得识黄任之先生，且聆听渠之演讲，黄、江均工诗并均有诗集传世。君集名《补读斋诗》，油印一厚册，昔年从其嗣君希和得之。近年友人于拍卖行得其所选唐宋名家诗数十种，予曾假得《宋四灵诗钞》，亟为移录一册。钞本皆君工楷不苟并加硃墨圈点，前辈于学问勤劬如此。友人又见君《日记》数十册未能得，得其“补读斋”斋额一方以归。希和曩与予共事于上海外国语学院留学生出国预备部。“文革”中复同遭厄运，君处之坦然。原住高塔公寓，公寓拆迁，殆藏书流入市场之原因乎？希和久乏音讯，回念“牛棚”情景，于无人监督时，趣语不断。时过境迁，辄思其人。

九、郑家相(一八八八——一九六二)

前圣作钱刀,异名货、布、宝;

古泉重战莽,通人郑、方、张。

注:君甬人,号葭湘,与吾乡藏书家孙翔熊先生为儿女亲家。抗战前予曾随定观襟兄过君城南腰刀河头寓斋,君正伏案聚精会神持刀刻画古钱,见君乏暇谈艺,吾等即寒暄而退。比出门,定兄即谓予曰,此公乃个中老手,予当悟其意所欲言者。吾乡有古泉癖者有方药雨、张絅伯(让三世丈之子)及君三人。君有钱币著作多种,闻遗稿在其女夫明观处,明观即国内著名邮票设计师孙传哲,亦即定观之胞弟。五十年代中明观念我不置,曾过沪见访,已谢世多年,未知书归何处。

十、龚守渤(一八七九——一九六三)

恭敬天主,非礼勿视,行为世法;

爱护诸生，纠音务严，师以道尊。

注：君为予法语启蒙老师，纠正发音，身受其益。君为一虔诚之天主教徒，行路时手握圣经，目不旁视。初在澄衷中学任教，知予为叶澄衷氏弥甥，故备加督责，嘉勉有加，洵教书育人之楷模也。

十一、吴东迈（一八八六——一九六三）

承平风月佳公子，
昭代光阴老画家。

注：君为缶庐老人哲嗣，两代人均与先从伯父湘云公友善，君并常与游宴。湘云公曾两渡扶桑，携藏品参加彼邦展览会，一次同行者有狄平子、王一亭及君。君曾绘赠水墨牡丹小幅，迎风低亚，极绰约之致。画下题"非秾艳，不取悦，供把玩，干必折"数语，盖缶庐旧句也。君一日偶语予曰："刻集子亦大麻烦事，未刻要钞，既钞要校，要人作序，刻竣要送。"洵阅历之谈。哲嗣长邺为吴派画传人，亦同馆馆员也。

十二、钱化佛(一八八三——一九六四)

志士凄凉闲处老(陆游),

梨园子弟白发新(白居易)。

注:齐卢战争时予全家在沪避难租界,以人口多,分住于至亲家。时三舅父王荫亭先生尚在,以陈氏二姨母及先母爱好戏文,每逢天蟾、大舞台连本新戏出台,舅父即订定正厅第三排请客,予因之得与。时天蟾常春恒、刘筱蘅演《梁武帝》,大舞台小达子(李桂春)、高庆奎、毛韵珂、赵如泉、林树森等演《狸猫换太子》,有一演小沙弥者为钱化佛,即君也。君本为孙中山先生同盟会会员,在沪演文明戏,鼓吹革命,善画佛像。后十余年识君,曾语以往事,君笑颔之无愠色,亦未言其详,后亦不再见君。

十三、汤临泽(一八八五——一九六七)

金文妙合周秦汉,

雅语欣逢晋宋人。

注：抗战中予识君于沈迈士师客座中，知君工于金文临摹，于古铜器上偶弄狡狯，可以乱真。君深于音韵之学，曾为予辨析韵目中东、冬分隶之原因。小楷学倪云林，诗亦清丽，然不多见。

十四、沈瘦东(一八八七——一九七九)

蒲褐瓶粟，后先辉映；

三泖九峰，左右逢迎。

注：予未识君。尝读其《瓶粟斋诗话》而善之，以为可与其乡之先贤王兰泉(昶)之《蒲褐山房诗话》、《湖海诗传》相媲美，予从其哲嗣求吉得其《诗话三编》一册。君诗主唐音，亦其乡先辈之遗风也。

十五、沈尹默(一八八三——一九七一)

晋帖唐碑大手笔，

新诗旧学老先生。

注：抗战前予因沈迈士师之介得识君并参观其书法展览。胜利后，又随迈士师往谒君于溧阳路寓斋，纵观所临摹之晋唐人书，多以故宫大库内旧藏、供钞写《永乐大典》用之皮纸书之。君斋名“秋明室”，所刻诗词集，均冠此二字，早年在北京刊者曰《秋明集》，一诗一词，共两册，毛边宋体铅字小本，最见雅致，胜利后在沪刊者为手书大本，于诗词外兼可赏其墨妙。君亦喜为“曲子词”，予用戴自中君钞本移录，曾请迈士师及陈兼与丈为之题志。曲子词中多载抗战中流寓重庆时少数友人间之趣事，苦中乐事，颇堪一读。

十六、徐森玉（一八八一——一九七一）

以国宝称君，世无异议；

嗟纤儿撞坏，鉴及前车。

注：予识君在抗战后期而知君之名则在抗战之前，在一名为《铸鼎》之小册子中。此书不著撰人。报纸铅字排印，专谈北京大学内幕，于校内著

名人物褒贬不一，记得以“摇鹅毛扇者”贬及某君，而以“忠厚长者”称君。不意数年后竟得奉手受教也。君曾为予鉴定《大观帖》并为介三马路（汉口路）某书庄出以换米，又为予题清乾隆朝名诗人周穆门（京）墨迹册小令《鹧鸪天》一阕。词云：“骨竦神清绝代姿，高名杭厉岂相师。毫端倔强能针俗，腕底绸缪为写诗。　　肝胆洁，海桑移。惟君藏弃得真知。比邻风雨青灯夜，愿扫恒情再借瓻。”君诗词传世罕见，年前文史馆辑《海上遗韵》，求君遗作不得，乃出此应征，得免遗珠之憾。君自谦不善书，自谓少习黄自元临本欧阳询，以致不能自拔，其实君书法精严，书卷盎然，可与黄荛圃、顾涧滨辈媲美，甚或胜之。

十七、丰子恺（一八九八——一九七五）

文字如陶，淡而弥旨；

画图曰漫，挹之愈深。

注：予不识君，识君之令媛陈宝并共事于《法

汉词典》之编纂工作达八年之久。陈宝笃实好学，令予敬重，曾欲借陈宝为我先容往谒致敬未果。不久陈宝为予求得人物画一小幅，隔数日老人又自动益以书法一纸。恩情稠叠，殊为感激。后陈宝又陆续送我新版《护生画集》及他所作漫画册多种。回忆“文革”中曾“奉命”参观君之“黑画”，已被涂抹打“×”，焚琴煮鹤，大杀风景。陈宝与其妹一吟现均为同馆馆员。馆内有父子同馆者，如朱梦华、龙湛两先生；有夫妇同馆者，如周方白、陆传纹两先生，姊妹同馆当以陈宝、一吟始，洵盛明佳话也。

十八、吴公望(一八八三——一九七五)

停云旧拓思林藻，
翠墨高斋记雪泥。

注：予不识君，解放后却屡见君之藏品散落于冷摊中，曾收得数种，记有停云馆刻《唐林藻深慰帖》。有君长跋多段，视其名款为盱眙吴公望同愈，室名“望三益斋”。予入馆后，翻阅《馆员名录》，始

知为同馆前辈，恨未及奉手与谈“黑老虎”也。君工书法，偶有所见，率为小楷，学人之书，自具雅韵。

十九、贺天健（一八九二——一九七八）

江山多娇，画亦如之；
人琴俱杳，诗何言哉？

注：北伐后予在宁波中山公园（即清宁绍道台薛福成之“后乐园”）生平第一次接触画展，展品为水墨山水十、廿幅，作者为贺天健，即君也。童年时予虽不甚知画，然已能粗辨高下，觉作者似无过人之处，甚且觉其笔墨未臻成熟。后数十年识君于迈士师客座中，嗣后并得见其名作《江山如此多娇》大幅，金碧辉煌，始加叹服，一代名家，当之无愧。君丧偶续弦，一日迈师笑谓予曰，某老夫少妻病矣。师平时与予只谈艺事，绝不作戏言，盖意有所戒也。然君后亦克享大年。君无锡人，其早岁在甬开画展，殆与薛之在宁波官宁绍道台一事有渊源乎？见面时未及询君为恨。抗日胜利后，在报端见君有

《过周园》七律一首，现只记其起两句“黑竹篱笆白板门，七年不见见犹存”。“周园”者，吾先伯父之私人花园“学圃”也。原址在延安中路一一〇一号，解放后不久“学圃”即被夷为平地，改造大楼，现大楼南面尚略存水木清瑟、曲径通幽之概。同馆张之阿为君高足，予曾向之询君诗稿下落，竟无所知，惜哉！

二十、陈器成（一九〇二——一九八三）

守成自好，海上卅年艰一见；

犯暑孤征，西湖八月未招魂。

注：君甬人，为吾外家宁波“大有丰”（百货号）经理陈富润先生哲嗣，又为徽籍甬人巨商周宗良先生之快婿。久不见面，一日予往陈兼与丈之“茂南小沙龙”，遇君于屋前，正欲寻门而入，知其尚属初来。比入门，予即为之道地，兼丈延之入座，谓为慕名而来。是日君言明将去杭州游览，予曰，曷迟之，何必冒此酷暑。未几，君竟以客死西湖闻矣。是日

君携有刘逸生之《唐诗札记》、《宋词札记》二本及甬上老诗人杨霁园诗集一册，即举以赠予，一若预知死期者。君富收藏，初，采泉宗翁欲介予助君编写藏目，以君遽殁不果行。《札记》二本，后捐赠鄞县图书馆，《霁园诗集》一本，因系乡贤著作，尚留敝箧作为良友永念。呜呼痛哉。

二十一、袁康年(一八九九——一九八四)

文章欧阳子，

志节袁邵公。

注：君工古文，师法《史》、《汉》及欧、曾，曾以大著《卧雪庐文稿》二册见假，予颇欲留之，君谓仅此一套矣，故阅后即还之。君晚号“十器老人”，予问其所藏何器，商周乎？两京乎？君曰均无也。因曰：余患心脏病，赖起搏器得不死，隔三年一更易，已换至第十器矣。其风趣如是。君藏有吾乡吴公阜(泽)为其撰书之寿辞一幅，问予能有受主否，可值几何。未几，君下世，字轴不可复问。公阜兼工

篆刻，殁后，吾友秦彦冲为之掇拾遗印制成《吝飞馆印存》二册，可谓不负死友矣。彦冲曾以《印存》见赠，今已失之。

二十二、陈巨来（一九〇四——一九八四）

貌若好女子，腕有千钧力；
最工元朱文，喜为集句诗。

注：君为当代篆刻名家，顾识君甚晚，且仅一同席而已。君体貌瘦小，文弱若好女子而腕有千钧力，信振奇人也。闻君为诗喜集句，恨未一见其胜。

二十三、柳北野（一九一二——一九八六）

俪白妃青吴祭酒，
晓风残月柳屯田。

注：君博综文史，千言力就。工骈文，擅诗词，工书法，精篆刻。自称“江南第五铁”，颜其室曰“红铁楼”，盖颇欲以篆刻自见而自侪于吴苦铁、王冰

铁、钱瘦铁、邓钝铁等之列也。解放前君曾以小真书录《西湖杂咏百首》于一横幅见赠。“文革”后尚在吾室，时君旧稿皆毁于动乱中，而此一百首赖予得以保全，辄重书一通于一便面贻我，横幅则君取归以作纪念矣。“四凶”殄灭后，各地诗社林立，如雨后春笋，君纠合同志创“半江诗社”，取“剪取吴淞半江水”之意，本地风光，恰到好处。自刊《芥藏楼诗》，命予序之；殁，葬杭州南山，予为书墓碑。君才气纵横，口若悬河，爱朋友，重然诺，今少其人，惜哉。君有挚友曰朱一桂，吾母校震旦之学长也，吾之识君，实出一桂之介。今二人皆下世矣。

二十四、沈迈士(一八九一——一九八六)

从游越五十载，绛帐春风感知遇；
小别才一二天，碧湖啼鴂不归来。

注：君为予震旦大学高中外国史教师，追随杖履凡五十一年，相濡以沫，亲若家人。君常谓震旦诸生可与谈艺事者只尔与宜永耳。宜永张姓，亦震

旦同学，医而习画者，死于胃癌，故师常念及之。又常谓，与尔言，常觉言之不欲尽，他则实无可与语耳。师之爱我如此。予藏帖，师为题之；予有诗，师为和之。师作画，令予论之；师有诗，令予和之。往往诗简一日数至，故师之长笺短札在予处者独多。师年逾耄耋，神明不衰，丰颜白晳，望之若七十许人，咸以为期颐可至，不意其遽归道山也。湖州碧浪湖碑廊落成，当事者邀君剪彩，卒因酬酢作画，劳顿兴奋，而引起脑溢血，在车返宾馆途中，溘然长逝，是一九八六年四月二日也。是年死者凡三人。二月为柳北野，四月为沈师，八月为予表兄王石君，皆亲友之情好无间者。呜呼痛哉。

二十五、胡亚光（一九〇一——一九八六）

时装美女开风气，
晓日莲花似六郎。

注：君号蔗翁，为杭州胡雪岩之后，闻以庶出不得与分胡庆余堂之权益，在沪以绘事自给。早岁

以画时装美女月份牌(挂历)蜚声一时。民国后“皇历”已不时行,代之而起者即为可补壁之月份牌,农村尤其欢迎。画此者多生意兴隆。一九七二年冬,施蛰存先生曾邀集朱大可、郑逸梅二翁及君与予小酌,故得识之。自谓年轻时美丰姿,有“杭州梅兰芳”之誉,视其貌确亦清秀、修洁逾同龄人。君工诗词,书法秀逸,逸梅翁常倩之代笔。

二十六、朱孔阳(一八九二——一九八六)

昭然史实,御苑清漪留胜迹;
欢若平生,圣湖夕照话雷峰。

注:予未识君,年十二三岁在杨静山先生(父执槐堂医师之父)像赞中见有君题赞,是为知君之始。君富收藏文物,堆床叠阁,室为之满。解放初施蛰存先生就君得清内府藏“清漪园”绿釉磁印印蜕三纸,以其一贻予同赏,盖乾隆时颐和园之旧称也。后徐稼研以君所贻之杭州雷峰塔砖拓本一纸转赠于我,砖面刻“雷峰夕照”图并

系君长跋。后又续得君之翰墨，有硃笔大寿字，乃采泉宗翁出其所藏以祝予七十贱辰者。近又得君九十二岁时书条幅一纸，为卒之前二年所作，笔力遒劲如昔，为同馆张联芳翁所赠，翁与之为同乡，均松江人也。

二十七、谭少云（一九〇一——一九八八）

海陵父子，丹青驰誉；
安吉衣钵，禅智生光。

注：予年十二三岁时即好书画，常在报端见有海陵谭组云、少云父子鬻书画润例广告。抗战胜利后于佛教居士中识一谭居士者，及问其名号，始知即为童年时代心仪之谭少云。居士工绘佛像，终年茹素，以居士身而画佛，尤受佛门弟子之欢迎。居士亦兼工花卉、蔬果，设色浓艳，知曾师事缶庐老人。君孑然一身，块然独处于黄陂南路一市楼中，问其藏品，以影本弘一法师、于右任等人墨迹见示，自谓真迹早已不存矣。居士卒后，一

亲戚小辈携其大小不一之青田石章百余枚嘱为审定，则皆为父子两代人自用印章。不知其后人尚保存否。有一子供职湟中县，欲迎养居士于宁夏，未获老人同意，一片孝心，亦不可多得，曾来舍见告，故得知之。

二十八、陈兼与（一八九七——一九八八）

沙龙谈艺，群钦祭酒，名山事业留诗话；

文馆荐贤，青及鲰生，六一风流满海隅。

注：君为当代海上之一大词宗，其年辈远接陈弢庵（宝琛）、郭啸麓（则沄），近揖李拔可（宣龚）、许疑庵（承尧）诸老。平生爱惜朋友，奖掖后进，六一风流，士林共仰。为亡友序刻诗集，阐幽显微，尤为人所乐道。君工诗词，善书法，偶画山水兰竹，亦为文人画之极则，为世珍重。方君在日，开阁延宾，纵谈艺事，当代词学博士施议对曾誉之为“茂南（君住茂名南路）小沙龙”。登其堂者多受熏炙，凡有质疑问难，无不各得其所愿以归。

鬓丝禅榻之畔，茶烟轻飏之中，不佞亦深沐恩泽之一人也。君曾自记一诗云："谈艺清茶一盏同，寒斋亦号小沙龙。题诗早已纱笼壁，胜听阇黎饭后钟。"可以想见其清况矣。君晚年著诗话，在沪先出者曰《兼于阁诗话》，在福州后出者曰《荷堂诗话》。两书本为一集，由于后半部多列生存作者，为避免标榜，强分为二，各用一书名出版，亦书林佳话也。然《荷堂诗话》迟之十年后始版行，老人已不及见之矣。两《诗话》可与陈石遗（衍）之《石遗室诗话》、陈鹤柴（诗）之《尊瓠室诗话》、狄平子（楚青）之《平等阁诗话》、梁任公（启超）之《饮冰室诗话》相衔接，就中可见诗坛人物之盛衰，诗风之递变，洵有功学术之作也。君久经宦海，自谓生平最工者为"官文书"（即现代之公牍，古代之章奏），其次为诗，更其次为词，其实皆君自谦之词，未为定评。君著作多已刊行，《兼于阁诗》、《壶因词》而外，尚有《兼于阁文剩》及《杂著》，正由其女公子征贻整理中。君于一九八七年荐予入馆，明年七月予受聘，君已前卒半年不及见矣。呜呼痛哉。

二十九、刘龙生（一八九九——一九八九）

集五艺于一身，人服其能；

逢百罹于巨变，逆以顺受。

注：君为予震旦大学法律系业师顾守熙教授之夫人，曾与子共事于萨坡赛小学（Ecole Primaire Chapsal）一年。君于法语、国文、油画、钢琴、刺绣等诸艺靡不精，为人谦和慈祥，相夫教子，懿范足式。君胞弟麦生，为予震旦高中同班同学，精于法国文学，译有《费加罗之结婚》行世。哲嗣长梅圣，主持第二医学院法语教学工作，予与之共事一年，绰有父风，曾受教于当代太极拳名家乐患知先生，以太极拳著名海内外，有著作行世；次方济，现任文史馆员。名德之后，其世必昌，非偶然也。

三十、杨雪玖（一九〇二——一九九〇）

隶法全参石门颂，

仁风广被绛都春。

注：君有哲嗣某，解放初与小儿玄同同肄业于省立上中高中部。一日托玄儿以其母氏书画扇面一枚呈予，盖出于予慕名而求得者。扇之一面为字，临《石门颂》，笔力雅健，深得神韵，出之闺阁，实寡其俦。画已不甚记忆，似为一简逸之设色山水，雅近云林。此箑出入怀袖，珍爱逾恒，"文革"中失去，至今惜之。

三十一、苏局仙(一八八二——一九九一)

王右军以兰亭序传千古，
苏玉局若羽化士列仙班。

注：君居浦东南汇，高隐乐志，授徒为业，初不为人所知，后忽以善摹《兰亭叙》获书法首奖，于是声名大噪，为世加敬。一九八三年冬，半江诗社柳北野社长携吾等同去浦东牛桥谒见老人，童颜鹤发，尚能扶掖起迎宾客，共摄一影留念。已而，予求与老人单独合影，初立先生之侧，先生坚欲与之并

坐，其不挟长如此。君已臻百龄而神明不衰，惟口齿不甚清晰，半系土话所致。是日饭于山庄，两荤两素，老人则别桌用膳。君童年入泮，当时已属全国硕果仅存之清末秀才，不久报载某地尚有一秀才，一时成为佳话。老辈风范，有诗必和，予尚藏有君手书之和诗一纸及逝世前数日由老人哲嗣健侯代书之和章一幅，盖为酬我贺君一百一十岁寿诗而作也。君著有《水石居诗》一册，乃馆长命予与姜绍文选校后付浙江富阳线装者。君书法于平正中见跌宕。诗，枢机甚熟，如行云流水，纯任自然，斯其所长也。

三十二、陈乃文（一九〇六—一九九一）

填词美继断肠集，
失伴痛同李易安。

注：君工诗词，词视诗为尤胜，而小令尤能得欧晏之妙，刊有诗词集，可与《断肠集》媲美。夫张中楹教授，青年时家境清寒而才学特优，受君佽助，

赴美留学，得斯坦福大学博士学位，回国后一度主某英文报笔政，千言立就。“文革”中受诬陷，惶惶不可终日，得胃癌于一九六八年弃世，痛哉！中楹曾告予，现时学生读英语，应多读广告文章，庶可跟上时代步伐，信经验之谈也。特记之以供言英语教学者作参考。

三十三、郑逸梅(一八九五——一九九二)

开卷有益，大雅文章留记忆；
识荆何迟，暮年诗酒挹清芬。

注：予童年时先仲兄曾为予订阅《联益之友》期刊，得屡读君之小品文而好之。解放初，知君多藏名人尺牍，时同学前辈费名祥君亦有尺牍癖，大批购进，剔其姓氏重复或不当意者举以赠君，以是得在费君处见君一面，迨一九七二年冬始于施蛰存先生之北山楼招饮席上得以奉手先生，嗣后缟纻投欢，时有来往，曾以所藏太平天国时代之名家手札十数通举以赠君，中有左季高一函二纸、记述杭州战事者较有

史料价值；又有吾乡万九沙（经）太史一札最为罕见。君著《艺林散叶》，屡言及予，予有《退密楼诗词稿》君为序之，其序录入《郑逸梅文稿》。此后予与宋路霞女士合撰《上海近代藏书纪事诗》，君又为之作序。君斋名“纸帐铜瓶室”，为之题额者蒋吟秋也，后予亦为之重书一额赠之。“文革”后，君感于“臭知识分子”之恶名，心实不甘，一日谓予曰，有“秋芷室”一额，君能为予书之否？问其取义所在，曰“臭知识”耳。于是相与轩渠，后即以小篆书就奉呈，未知曾悬诸斋壁否。君晚年著书一抱“有闻必录”之旨，时有舛误，如误龚易图为沈迈士师之泰山而不知其为迈师之外祖父，盖太师母龚韵珊女士实龚之令媛。予一日以之语君，君谓“著书错误难免”，其旷达如此。孙女有慧，慧而多才，工画仕女，曾办画展，邀予往观，君子不忘其旧，信足多者。

三十四、陈逸盦（一九一〇——一九九五）

人淡如菊，可与陶公为伴；

其臭似兰，得非屈子之魂。

注：君曾侧身军界，实一风雅士也，娴文墨，善清谈，清茶一杯，终日不倦。又擅郑虔三绝，曾赠我一联，字仿汉砖文，甚见工雅茂朴，予则乞君为绘梅兰竹菊小尺页四纸，亦见高逸。数过寒斋谈艺，未奉卮酒，至今慊然。君为馆内之春潮诗社社员。

三十五、高潮(一九一〇——一九九六)

不见诗坛驰骤手，

空闻海上往来潮。

注：君为馆内春潮诗社社员，诗功扎实，诗作清灵。曾语予，曾为《大美晚报》撰“诗配画”，见之者谓为婉而多讽，惜予未之见也。方欲就君请益而君遽尔谢世，殊为遗憾。

三十六、朱龙湛(一九一四——一九九六)

洞中肄业，穿经穴史，忽然贯通，无愧达识；

千明储书，守缺抱残，校其同异，堪称藏家。

注：君早岁肄业于无锡荣氏梅园“豁然洞读书处”，主讲者即君尊甫梦华先生。君擅经济才，曾为荣氏购藏古籍珍本。君则筑“千明楼”收藏明板书籍，以千种为其目标，其愿力可谓之宏且远矣。自绘《千明楼图》并系长题，曾嘱予题之，时尚未识君，介刘君惜闇为之请也，已忘其所作为何语。君曾邀予往观藏书未果。予与宋路霞合撰《上海近代藏书纪事诗》，列君入藏家之林。一九九六年新正初五，君以食汤团梗阻气管致死，距文史馆春宴共席尚未匝月也。痛哉。君同胞弟企尊任交大教授，亦爱好艺事，予屡为其所画山水长卷题诗，用笔粗犷，水墨淋漓，妙合自然。企尊年前突患心肌梗死去世，去世前数日尚在予处纵谈艺事也。君与令先尊梦华父子同馆，亦佳话也。

三十七、富寿荪（一九二三——一九九六）

自学成材，世罕其匹；

苦吟为乐，穷而后工。

注：予识君在抗战胜利后，时君供职于中华书局编辑所，缘予曾将清乾隆时乡贤象山姜炳璋撰著之《选玉溪生诗》上下两册原稿交与中华出版，审阅经年，未获音讯，经其事者为胡君道静而此次接谈者则君也。是为识君之始。嗣后因采泉宗翁之介而知君之行谊。未几，重晤于“茂南小沙龙”，益加敬焉。君为人忠厚，为学勤奋逾常人，自谓每日四鼓起身，生煤球炉，灌热水瓶，烧泡饭毕即读书工作，冬夏如一，终年不改。即此一端，已非常人所能，殆古人所谓苦节之士耶。君工诗，为诸老辈所推服。尤喜苦吟，每成一篇必久改而后出，仍不自信，必遍询友好、得一语而后定稿。一九八〇年冬，君邀予及钱定一、蒋雨田、诸光逵暨介弟铁耕诸老人同游海盐南北湖，宿云岫之庵，登鹰窠之顶，以观日月合璧，诸人均有诗，而君更为长歌，成《登鹰窠顶观日月合璧》七言古风一首，曾来寒舍往返商讨字句七次。诗果不同凡响，然亦为之太辛苦矣。自刊《晚晴阁诗》，殁后，家人补刊《续集》行世。君为

诗从不和韵，亦不加入任何诗社，特立独行，和而不同如此。

三十八、李郧寿（一九一三——一九九七）

为女权作先驱，

实闺阁之翘楚。

注：君甬人，父名㕓瑾，住居宁波江东，为律师，有声于时。予因挚友柳北野而识君，北野为君妹倩并同学于上海法学院者，后北野在甬执律师业，而君则在沪执行律务，伸张女权，为民喉舌，信吾甬特出之巾帼丈夫。君温文尔雅，平易谦和，为一不可多得之大家闺秀。

三十九、华道一（一九一六——一九九七）

十步之内，必有芳草；

千秋而下，奉为圭璋。

注：君与予曾久同里闬，一九八八年又同年进

馆，予曾语君：同住一里巷，何以绝无闻知？君曰：予早已熟知君矣，并识君之夫人（谓先室人）。予始悟先室人曾以里弄群众工作而多识邻居，君又因先室人而知予也。君早年毕业于清华大学，抱才不露，一不可多得之石交也。其寓斋悬蒋南翔氏之字幅，君语予，蒋校长深爱学生，凡列其门墙者毕业时例可得其一纸。君并告予，往在北平搞学生运动，曾藏匿蒋校长家，得未遭逮捕。馆内编《文史笔记》，君颇任其劳，人与书将同垂不朽矣。君病卒中，前一日，尚与予谈笑自若并同步入里弄，自谓健康不及予，不意其遽尔逝世也。痛哉。

四十、陆有珣（一九一三—一九九七）

是法学家，入著作林；

如陶征士，少闲言语。

注：君与予同隶馆内之第一学习小组。君不常赴会，来亦甚少发言，亦不喜与人周旋，因乏交流思想机会。一日谓予，将有一书赠我，似为有关《唐

律疏议》之著作。书久而不至。未几，在《馆讯》中知君之丧，呜呼痛哉。

四十一、温八眉（一九〇九——一九九七）

八叉才富，大雅南伽增慧业；

三字狱成，一编侧记哭师门。

注：君工诗并为春潮社员，实未尝识荆也。一九九三年君曾以所著《南伽诗词集》、《师门侧记》两书赠予并命题辞，欣然为之。师门者谓其所从游之当代名画家潘天寿也。读《侧记》知潘在"文革"中遭受厄运，含冤而殁。"三字狱"亦《侧记》中语。两书予各题小令一首，顷间已不忆所作为何语矣。

四十二、钱君匋（一九〇六——一九九八）

名山事业春长在，

金石篆分靡不工。

注："文革"前，周方白教授拉予去君重庆南路

幸福坊寓斋观《王铎草书杜诗长卷》，因而得与君相识，是日同观者尚有王西彦君，亦久耳其名而从未见面者。观后，佥请君为之影印分飨同好，讵料未几“文革”祸起，此议寝息，亦不知此卷能不遭六丁下取否。“文革”后期，予因翻译家方平而求君为刻“四明石室”印，阳文仿黄牧甫，而石则为旧昌化之艾叶绿。未刻前原有“子孙保之”阳文四字，君语方平，磨去可惜，曷令周君易之。予窃思“文革”中付焚如者何一非有价值之物，在劫难逃，此身尚不能保之，况以责诸子孙而保之乎，留此何为，遂不听。刻既成，予以劫余之乾隆龙纹暗花素笺酬君，君谓方平，如此佳笺当请沙孟海书一联藏之，后亦不知其果请沙老书之否。年前馆内一行游览海宁，曾去桐乡参观“钱君匋书画院”，美轮美奂，河山为之生色，呜呼，胜迹长存，君可以不死矣。

四十三、刘子善(一九一二——一九九八)

直声著三晋，早岁文章惩腐恶；

吟事共春潮，晚年吟咏动江关。

注：君好吟咏，为馆内春潮诗社之积极分子，诗成必嬲予为之推敲，态度诚恳，常为之感动。君长予二岁，为人坦率无城府，予兄事之，然亦怪其诗作远不如文。君常谓予，陈老（钟浩）谓我所作无诗意，不屑为我推敲，故不得已而就君。陈老者吾春潮诗社社长也，家学渊源，以洋博士而耽吟咏，一众望所归之长者也。陈君曾集吾二人唱和之作为《陈周唱和集》，陈逸盦序之，使仆得附骥尾以行，深感荣幸。附志于此，以见前辈提携之雅云。

四十四、刘玉桂（一九一九——一九九八）

济生有术，淳于意禁方在握；

余事多能，赵寒山古篆生辉。

注：君生前曾任市九院中医师，擅针灸术，余事工书法。能作古篆，曾以一联赠我，得赵寒山（宧光）之趣。寒山之篆不为世重，以其不合六书，然不失为书体之一种。吾乡明代丰南禺（坊），亦工此

体，故予曾作一诗，引南禺之例为说以酬君云。君为人敦厚笃实，古道可风。体格魁伟，自谓内实多病。未几，溘然长逝，痛哉。

四十五、陈九思（一九〇一——一九九八）

一祖三宗，世以君为后山；

同年晚进，何丧我以良友。

注：君亦以陈兼与丈之荐，于一九八八年与予同时进馆，以高年耳聋，又不良于行，只至馆一二次，故知君者甚寡。君为“茂南小沙龙”常客，以童年在闽，故能操闽语。小沙龙中，陈兼丈、陈琴趣（泽煌）丈均闽人，三人交谈，悉用闽语，一时蛮音鴂舌，闻之懵然不悉其所语为何也。君诗深于杜律，以古风及律诗为尤工，以比陈后山似属恰当。至若兼丈之清丽，琴趣之逋峭，以比简斋、山谷，倘亦为世所许乎？君嗜杯中物，日饮白酒一小盅，后易白酒为黄酒，每饮亦率以一茶杯而止。酒后温克，妙语解颐，常谓“予坐以待币耳”，盖谓退休之身坐享俸禄。一语双

关，闻者为之莞尔。君先后刊有《转丸集》、《后集》、《续集》，予曾为之题写书名。期颐在望，遽赴玉楼，痛哉。今年夏哲嗣世鄂、世鸰等裒集未刊诗卅首为《补遗》，曾嘱予为序，将刻成分赠友好云。

四十六、朱蕴辉（一九一六——一九九九）

宋艳班香，喜故乡有此才女；
巷歌衢舞，为昭代频奏新声。

注：君甬人，亦春潮社员，然未尝识荆，曾数次希图于馆内春宴席上遇之，卒未如愿。君出身文科专业，曾得名师熏陶，故尔不凡。刊有选集多卷。

四十七、张寿龄（一八九九——一九九九）

百岁光阴，缘悭一面；
半生戎马，功在千秋。

注：君为旧军人，历任要职，参加抗战，著有劳绩。期颐之岁，自选诗集一册，命予题签，可谓有

缘，然终未一面也。集名《鹤叟诗词选》，书甫出版而君忽赴玉楼之召，及身得见，亦云幸矣。

四十八、孙俊在(一九一〇——一九九九)

能为慷慨激昂语，
大是嵚奇磊落人。

注：君与予同年入馆，初同隶第三学习小组，每发言，慷慨激昂，一座动容。好吟咏，录有诗稿，曾持来命予读之。自谓平生所长为英语，青年之来问业者户限为穿。予谓君，君子有三乐，教育英才，君得其一，是为真乐，是为老有所乐。言毕相与大笑。

四十九、王映霞(一九〇七—二〇〇〇)

余霞散绮，未觉美人伤迟暮；
白虹贯日，久钦夫子是忠良。

注：君长予七岁，谈话间喜以弟蓄我而以大姐自居，予亦以是备加敬爱。年登耄耋，而风采依旧，

可谓驻颜有术。曾在馆内花园中同摄一影。年前尚能远游台岛，其气体之佳，可以想见。郁达夫氏忠于职守，为国捐躯，大节凛然，尤为可敬。美人黄土，思之增感。

五十、厉国香(一九一四—二〇〇〇)

芳思藻绘，为故里痛失耆宿；

异途同归，逢伊人传语平安。

注：君擅书法，予曾列君入拙著《四明今墨咏》中，兼工绘事，为大风堂弟子。君与先室陈氏姊妹均为宁波女中同学。不足二十年，先室与其胞姊均先后物化，偶与君言及，不觉感喟备至。回顾老朽，尚视息人间，倘地下相逢，君当有一语及某也。呜呼痛哉。

五十一、周方白(一九〇六—二〇〇〇)

悦知己之情话(陶潜)，山蔌溪毛留我饭；

挟飞仙以遨游（苏轼），苍松翠竹在人寰。

注：君名圭，以早岁于荒摊上得汉“周圭”铜印而取名，亦艺林佳话也。一九六四年，君以外语教学而识予，嗣后即以书法绘画而成同志。君于书法专工大草，于绘画则工竹石，其实君之油画、雕塑远胜国画。君居同济大学宿舍，予时或远去访君夫妇，去必殷勤留饭，山蔌野蔬，欣然共之。一九六五年春，君来寒舍。见予孙女周京十分 mignonne（白白胖胖），君乐甚，欲为之作一 esquisse（雕塑用之小样）。未几而“文革”祸起，致成泡影。弹指一挥，已阅时三十五载矣。年前君画集出版，赠予两册，以一册嘱转赠周京，隆情高谊，有如此者。君与夫人陆传纹均同馆馆员，夫妇同馆，亦明时佳话也。

五十二、沈北宗（一九一九—二〇〇〇）

病非一日，久别教人惊瘦沈；

言足千秋，遗书传后望诸孤。

注：君长身鹤立，有矫然出群之姿。胸罗万

卷，不嫌固陋，常喜就予上下其议论，每有创见，惜年久失记，至为可惜。君为人外谦和而内实耿介。古人云，“千夫诺诺，不如一士谔谔”，吾于君见之。年前见君形销骨立，清瘦特甚，意其必患重症，然君不以为意，且曰：我骑车往返，一如往昔，久之当愈。不意日前竟以大出血休克而告不起，痛哉。闻君平生信中医而轻西医，倘及早检查，得出结论，对症下药，或许得治，未可知也。君曾谓予，著有一书，已经写定。曾劝其及身刊行，勿久秘不出，亦不必待其至善至美而后出。君诺而未行。继志述事，惟诸孤是望矣。

開卷有益

壬午春 退密

《退密楼五七言绝句》八卷本自记

历年旧稿，日置几案间，尘灰委积，屡欲弃之，终以曾耗心力于此，有所不忍而止。日来天气渐热，蚊蚋藉之为藏身地，亟须移置别处。爰就一九九〇年至一九九七年此八年未经刊行之五七言绝句，誊录一过，以便省览。每年一卷，得八卷之多，每卷为诗多寡不均，亦不复排比调整，一任其旧。誊录时觉可存之诗，十不得一。几欲半途而废，继思若非今日稍费时日，亲自为之，后必无人有任其劳者。于是耐之又耐，始得毕事。八五老人，自苦如此，亦弥可笑也。

一九九八年五月二十日四明周退密识于安亭草阁

《退密楼五七言绝句》续编自记

《退密楼五七言绝句》八卷抄成之后，自一九九八年至二〇〇一年止四年中又得五七言绝句四卷，计诗三百四十六首，合前六百八十首计之，共得诗一千零二十六首，内有少量六言绝句附焉。自二〇〇二年以后，所有诗词诸作拟编为《退密诗历》，不再分类抄录云。

二〇〇二年三月三十一日退密自记

《捻须集》小序

退密抄近十年来五言律诗一百六十首，题之曰《捻须集》，聊以自娱。以敝帚自珍故，未忍多所删削。芜秽不治，必将贻笑大方。

回忆垂髫之年，先君授读唐诗“松下问童子”、“打起黄莺儿”诸首以及《古诗十九首》，此情此景，历八十年而记忆犹新。与诗为友，不可不谓之既深且久。然而实际写作，仅近二十年退休以后之事。而又游心旁骛，见异思迁，忽而写诗，忽而填词，以致两不深入，造就平平。此无他，性情不足不能以感染人也，学问不足不能摛藻扬葩以吸引人也。

今年已及耄，自顾于此道不复有咫尺之进。俯仰今昔，嗒焉若丧。噫，是亦可以已矣。以曾耗日力于此，留兹鸿爪，以供世纪回眸可乎？

二〇〇二年六月一日四明周退密自书
于淞南安亭草阁时年八十有九

《退密词综》引言

此《石窗词》一卷，录小令、长调共一百四十余首，大抵为一九七〇年至一九八二年十二年中之作。抄成之后，弃诸敝箧，久未省视，今年月承老友醉菊主人雅谊，欲为之谋付剞劂，殊出意外。君殆如九方皋之相马，相赏于牝牡骊黄之外欤。惭惶之余，思有一言，以为喤引。

仆于词虽有夙好，至于声律，实未尝究心，但喜其句有长短，音节宛转、格调繁复，用以表达某种屈曲委宛之情感，可以使之淋漓尽致，足补五七言诗体之不足，为足尚也。

回忆早岁受知于吴兴沈迈士师，师工诗词，每有所作，辄以长笺写示并命和作，使予有机会摹拟习作，实为予填词之始。二十世纪八十年代初，因老友施蛰存先生之介，得识陈丈兼与，又因兼丈得交徐丈竹间。两公均深情妙绪，奖掖后进若不及。

仆周旋其间，多聆教益。兼丈为同光体闽派诗人之硕果仅存者，自谓与竹间老人均五十岁以后才习倚声，是时予已年近古稀，自假我数年，当不以为晚；驽马十驾，或有所成就。于是作诗之外，仍不废词，以迄于今九十之年。

会施蛰老继龙沐勋先生《词学季刊》中断之后，主编《词学》，嘱以词作投寄该刊发表，得屡蒙青睐，备受鼓舞。填词兴趣，为之日增，然不自知其词之优劣究何如也。未几，因同学刘君麦生之介，获交徐君稼砚，君于诗词可谓之斫轮老手，恬吟密咏无虚日，兴致高，出手快，又复乐于唱和。然为人极谦和，口不臧否人物，予屡欲求其指点谬误，则曰“诗无好坏”。予闻言为之茫然自失。盖稼翁观空一切，以诗词为傥来之物，不屑为凡夫设棒喝，冀其顿悟一旦，立地成佛耳。于是归而求诸己，学杜公“新诗改罢自长吟”之教，指瑕蹈隙，自行琢磨。虽为之弥勤，终以悟性不足，不能向上一层，成为词人之当行本色，而徒成其为一己之面目而已，词去乎哉。

鸣呼，岁月易迈，逝者如斯。当日词坛诸公除稼翁栖迟南澳尚健在外，均已先后下世。览兹一集，犹觉羹墙足式。予词不足重，作为仆一己之习词历程观其可乎？质诸主人，以为如何。

二〇〇四年七月十七日岁次甲申六月朔，
四明周退密书于安亭草阁，时年九十有一

《退密诗历》作者原序

退密前此十年之诗词曾按律绝分体录为《退密五七言律诗钞》及《退密楼五七言绝句抄》两编，而词则别录为《安亭草阁词》十卷。自二〇〇二年起，自谓年益增而诗当益减，何分抄为，故仅将所作诗词录为长编，于题下注其月日，犹如历本，可以一览而下，经春历冬，岁尽而作品亦尽，于是名之曰《退密诗历》，即此本是也。计二〇〇二、二〇〇三年两年之中，共得诗二百九十首，得词五十四首。打字既成，循览一过，则见岁月如流，人事层出，或一日得诗数首，或数日不得一诗。岁时令节有诗，欢愉疾苦有诗，朋好酬答有诗，出游览胜有诗。抒情记事，靡不历历在目。诗历之用，亦云大矣。

回忆童年时，吾家月湖草堂藏有清末薛凤昌编印之《梨洲遗著丛刊》上下两函，内有《南雷诗历》一种，盖先生手订之编年诗也。吾书之名，即仿乎此。

自知薄殖，于先儒为不伦不类，徒以少日即已得先生之篇章而讽诵之矣。今于垂暮之年，犹能窃比老彭，一卷自怡，残年饱饭，坐享太平。“横身苦趣”（先生《诗历题辞》中语）已为陈迹。人贵知足，当亦可没世而无情憾矣。爰书数语，以为缘起，追维往事，缅怀前贤，高山仰止之情，恭敬桑梓之谊，不觉油然而生焉。

二〇〇三年十二月六日，岁次癸未小寒，

四明周退密时年九十书于安亭草阁

附记：

编内附见二〇〇四年一月至五月之《退密诗历》，计诗四十首，词十七首。退密自识。

《退密存稿》弁言

今年夏，退密忽发奇想，愿就历年闲置之诗词丛稿付诸剞劂，以求正于当今吟坛同志，爰继二〇〇二年五言律诗专辑《捻须集》之后，次第出版《退密诗历》、《退密楼五七言绝句》、《退密楼七言律诗钞》、《退密词综》等四种，董其事者我友定中吴兄是也。曩者，诗人徐稼研兄有《依然静好楼绝句抄》之刻，征稿及予，为抄历年七言绝句一册名《蔓草集》者予之，后因未刊掷还。予复检出旧日《还巢集》等剩稿，并将向所别刊以及无所归属之五七言绝句合并录为《退密存稿》。会往岁采泉宗翁曾为我乞得乡前辈沙孟海先生四字签题一纸，竟与予此编书名不谋而合，即以之冠诸简端，借资光宠。

定兄冒暑助余厘整体例，订正舛误，钩沉拾遗，不惮繁琐。先是，老友醉菊主人索书堂幅，移所酬润笔五千金剞劂之费，使诸集得顺利面世。二君子古道雅谊，恒人所难，它日必将传为书林佳话。

窃思古今能诗者奚止千万，其作品得传者恐千不及一，其幸而得传者必得天时、地利、人和三者之助。仆老友见太平，又值国家右文之世，此天时也；诸集在沪印刷，吴兄就近联系，得心应手，此地利也；良朋延誉，同气相应，作序署检，光增篇幅，此人和也。仆何人斯，竟得兹三者以传吾诗，殊为可庆。诚不知它日诗以人传乎，抑人以诗传乎。夫诗小道也，然圣人有云"小道必有可观"，然则吾诗其果有可观者存乎其间哉？声党同志倘进而教之，则善莫大焉，幸莫大焉。

二○○四年十一月十五日四明周退密识

《退密楼七言律诗抄》缘起

退密七言律诗刊出问世初在一九九六年，有诗一一五首，其先后散见于《还巢集》、《梦幻集》、《蓓蕾集》、《芳草集》、《秋草集》以及二〇〇二年前之七律诸作，大多未经刊印，此次为编次《退密楼七言律诗抄》，就上述诸集逐一抄出，予以合编，即此本是也。在抄录时发现有未经收入《捻须集》之五言律诗若干首，亦随宜附见。任其劳者，吾友吴君定中，其助人为乐之精神，衷心感激。编成之后，复承田遨同馆兄秉笔作序。真知灼见，有裨诗学；剪拂吹嘘，增其光价，洵可谓之衰年一大幸事。爰记数行，以当缘起。

二〇〇四年国庆五十五年周年纪念日

周退密书于安亭草阁，时年九十有一

《吟边墨痕》小引

退密平生有二好，曰诗曰书。虽垂老无成，捻髭临池之情固未尝稍衰也。曩日每有所作必呈师友求为印可，数十年中散落人间者为数当不在少，或为人所毁弃，或为人所藏弆，已不作重见之想。自静电复制之术兴，偶亦藉之留作副本，以省过录之烦。近日检点敝簏，得此类复印手稿四十余纸，为依年月先后稍加排比，插入明簏（clear book），以备省览，默记写作之期其最早者为一九七九年之己未岁，其最晚者则目前之作，盖已历时二十有七载矣。其诗词大都已在刻集之中，以言手迹，则端赖此复印之件耳。排比竟，无以名之，名曰《吟边墨痕》，其可乎？

二〇〇六年岁次丙戌谷雨后一日

九三老人退密书于草阁南窗下

《墨池三咏》引言

仆自幼及老爱好书法，一九八一年曾与艺林耆宿、我馆前馆员陈兼与先生（声聪）有《墨池新咏》之作；一九八二年曾就所知故乡宁波书林人物而论列之，则有《四明今墨咏》之作；一九八八年起义务担任瑞金街道书法班及卢湾老年大学书法教师之后则有《墨池今咏》之作。诸书曾先后印行，求正同好。因印数不多，普及不广，同好索观，辄无以应。去岁河南郑州《书法导报》曾分期转载《墨池新咏》论书绝句六十首而未及陈丈之和作六十首；年前江苏武进之艺刊《阳湖》曾转载《墨池今咏》全帙，知此种形式之论书绝句，好之者尚不乏其人。因之商准我馆吴孟庆馆长予以重印，将三咏联为一编，总其名曰《墨池三咏》，庶便阅览。惟三者均属一时遣兴之作，管窥所及，难免主观幼稚，此次重印，一任其旧，不作更改，当世高明，幸匡正之。

二〇〇七年二月二十日周退密自识，时年九十四

重印《石窗谈诗小札》引言

亡友吴兴费君在山(一九三三—二〇〇三),于二十世纪九十年代曾创办当地小型刊物《苕雪诗声》并自任主编,约予为之撰稿。君雅擅散文,文章之外,酷嗜吟咏,以吾一日之长,常来札不耻下问,予当仁不让,即以便札答之,君辄以《石窗谈诗小札》为标目付诸《诗声》发表,竟得百条之多,视其内容,有类诗话,即此编是也。未几,君以不胜繁剧,辞去编务,《诗札》亦随之结束。及今思之,若非当年吾两人之声应气求,则此戋戋小言亦终不为世所共睹也。今年月承文史馆为我重印此编机会,用识数语,以明《小札》之产生纯出偶然。若以著作视之,则吾岂敢,若谓于吟事谈言微中,裨益初学,则幸莫大焉。

二〇〇七年二月二十二日周退密书于草阁,

时年九十又四

《周退密诗文集》后记

退密不敏，数年来曾多次刊印诗词作品，因非正式出版，流通不广，友好索阅，无以仰酬雅意。此次蒙黄山书社厚爱，将已经刊印过之全部诗词及少量杂著予以重印，并将未经结集之历年文稿加入出版，将作品定名为《周退密诗文集》，以求正于文坛诸君子。

在编纂过程中，承吾友诗人黄思维先生及作家韦泱先生协助，耗费了他们大量的时间和精力。后又承黄山书社欧阳慧娟、张元婷二位女士担当责任编辑，又承丛书主持人刘梦芙先生审阅全书并作序，退密在此表示衷心的感谢。

全书约一百余万字，虽经校阅，舛误之处，必属难免，希望文坛诸公随时指正，匡所不逮，尤为厚幸。

二〇〇九年十二月十二日，周退密年九十六于
上海安亭草阁

《退密诗历二续》后记

《退密诗历》二〇〇四年印行以后，于二〇〇七年印行了《续编》，今年又将刊印《二续》，仍本宿愿就正于当世贤淑，希望批评指教。

《二续》全文承吾友黄思维吟兄打字及校对，为此他付出了许多时日和辛勤劳动。现在又承吾友星桦兄代为付梓，《二续》得能顺利出版，完全依靠他们两位之力，退密谨在此表示由衷的谢忱。

我和星桦交往不到七年，这次应我之请不吝赐赠序言，见解明确，深得吾心，在此表示忱谢。

旧序三篇，一遵古人刊书体例，置诸册前；一以示光宠；一以明《诗历》写作缘起，使仅能读到《二续》之同志，有所了解。

再，去年仆和友好曾有《安亭草阁填词图》小令《浣溪沙》唱和之作，共得和章三十余首，皆一时兴会淋漓之作，可歌可诵。兹特将全帙附刊册内，以供同赏。惜人事无常，挚友马缉庵兄于客冬遽归道山，感念畴昔，又不得不为之临文嗟悼也。

二〇〇九年二月下旬，四明周退密谨记于

淞南之安亭草阁，时年九十又六

《退密诗历四续》弁言

《退密诗历三续》止于二〇一〇年十月三十日，已收入《周退密诗文集》第二册中，当年十月以后以迄于目前二〇一二年二月一年多中尚有积稿若干篇，未尝公诸同好。为求完起见，乃商诸吾友黄君思维、朱君星桦，承两君慨允为董理其事，作为《四续》出版。书之版式、字体、用纸、封面，一仍其旧，庶几可与往日印行之各种小册子衔接为伍，便于翻阅。至于《诗历》命名之由来已具见于《诗历》序言中，兹不再重印。嗣后零章只篇恐仍所难免，则将任其四散飘荡，如落花飞絮，不烦更事收拾矣。

承思维、星桦两君协助出版，在此表示衷心感谢。

二〇一二年二月四日，岁次壬辰立春，

周退密书于海上草阁，时年九十有九

《退密诗历五续》前言

退密不敏，曾效法先哲黄梨洲（宗羲）《南雷诗历》以名吾之诗词稿曰《退密诗历》，事在二〇〇三年。嗣后于二〇〇四年有《诗历续编》，于二〇〇七年有《诗历二续》，于二〇〇九年有《诗历三续》。以上各编后均收入在黄山书社出版之《周退密诗文集》中。后此于二〇一〇年又自刊《退密诗历四续》一册。光阴荏苒，不觉已历十载，而积习所在，吟咏不断，敝帚自珍，又得诗词若干首，编为《退密诗历五续》一帙，平日已荷黄子思维为之校错打字，兹者又劳思维为之排版，以待付梓，感荷良深。

窃念平生，耽吟若命，视诗为遣闷、济胜之具。虽为之甚勤而所得实浅率凡近，以视古今作者，曾不能以道里计。此则学力限之，时代为之，不可求强合于大雅君子。雁过留声，聊存一己之性情与夫面目而已。海内硕望，其许我乎。

二〇一三年愚人节周退密书于安亭草阁

黃涪翁句

萬卷藏書宜子弟

十年樹木長風煙

九三老人周退密

黄小松藏汉碑五种(有正石印本)题志

民国三十年四月古明州退密周枢晨夕观摩,觉《成阳灵台碑》整饬中流连生动,最称别致,两京风华,可于此求之。

自得此碑(指《范君碑》),晨夕把玩,所得为不少矣。退密(约在一九四一年)。

此汉隶五种,其《魏君碑》磨灭不可辨识,难作圭臬,要以《朱君》《谯君》二石为可法师。《灵台碑》亦醇厚可喜。《范君碑》,覃溪先生品为"中郎遗矩",其风格已启曹魏诸碑,东京矩楘,赖此不坠,故可宝也。(一九四一)

退密按:汉碑五种为《汉小黄门谯君碑》《汉幽州刺史朱君碑》《汉成阳灵台碑》《汉凉州刺史魏君碑》《汉庐江太守范君碑》,前三种皆重刻,《魏君碑》漫漶已甚,无临摹价值。惟《范君碑》得"中郎遗矩",为历来书坛所重。今碑犹在,抚拓不衰。五种中除《灵台碑》外，余均有额，大可玩索。退密（二〇〇三年）。

文徵明正草千文（有正石印本）题志

癸未（一九四三）秋仲临此，稍为得之，未罄其妙，愧愧。

东邻人颇善草书，以智永《千文》、孙过庭《书谱》为师，进而直窥晋贤，无我国馆阁之习。我邦士子苟能稍习草书，取法《千文》，不特墨法流丽，亦且节省时间，亦今日谈教育者所宜深注意者也。

此二十余年前付圭儿临摹之帖，今日重检出归之，可此消息之。

癸卯（一九六三）新春，退密于沪寓

传砚庐书画集第一辑题志

癸未三月廿六日夜过（南昌路）宽斋，蒙迈士师惠赠此辑，并出示明拓《佛遗教经》，有陆师道、王宠两跋，项子京、仇实父收藏印。帖首佛像，有应襄题语。纸墨陈旧，与吾家所藏一本不相上下。大抵《佛遗教经》只此一刻，不如《黄庭经》之化身千百万也。予童年时曾见先君于此帖临摹至勤，曾有数纸付与，久已失去无存，惜哉。退密记于萨坡赛小学宿舍。（一九四三年）

退密按：此辑为珂罗版印活页画片，为太夫子沈研传（瑞琳）、太师母龚韵珊二人之书画合集，封面隶书书签出诸汀州伊峻斋（立勋）之手。伊沈两家为亲戚。今封底已失，致不可考，内有龚太夫人之《松鹰阁》一幅，因原作常在宽斋悬挂，故印象深刻。太老师曾师事吴门顾若波（沄），此辑中仅有对联一，画则无之，余概不记忆。龚太夫人著有《长熹斋论画诗》，研禅太夫子序之，文极奥衍，活字小本自印，沈尹默先生题签。此书余曾有之，今亦无存，未知能于上图见之否。

二〇〇三年十月三十一日　退密

北宋拓颜鲁公《争坐位帖》（有正石印本）题志

帖内此跋与神州国光社所印之石涛画册内翁（覃溪）跋均伪，而郑海藏为之作跋，真妙不可言。海藏跋云“此是吴荷屋藏本，荷屋何不题一字，恐重裱时失之耳。今为庞芝阁兄所得，丁未五月以示，孝胥”。细味此跋，盖海藏已明知此帖之非宋拓而跋亦不真，碍于友情，不得不迂回其说，敷衍了事耳。海藏其滑稽之雄哉乎。

约写于二十世纪四十年代

宋元墨宝第一集(有正石印本)题志

宋元人书率皆高古,即非以书名家,亦存朴厚自然之致,明人莫能及也。苍樗记于海上寓楼南窗。(二十世纪四十年代)

庚戌(一九七〇)初凉休沐日携京孙女乘车阅市,进生煎馒头。归展此册与潘博山所藏《宋元书翰》同看,精采殊逊此同期。四明退密记于石室。

宋米芾书、明陈洪绶绘石刻《九歌图》(清光绪十年上海同文书局石印本)题志

《九歌图》传世有赵松雪、文衡山、萧尺木、陈老莲诸本。设想之奇,笔调之美,当推尺木。老莲此本石刻未知出自何处。其湘君、湘夫人两图均

为女像，与尺木之作一男一女者不同，而与文氏之作二女像者相同。盖《九歌》湘君、湘夫人自是湘水之神，从字面看当为一男一女；从舜之二妃言，当为二女。聚讼已久，初无定论，故画家亦可各有所本也。米芾小真书殊为精绝，忆清冯氏《快雪堂法帖》中曾刻之，此本盖即从此而来，而丽之以老莲之图，遂成二美。可谓之图文并茂，相得益彰。此册予得于甬上，虽属石印，仍可玩索。北来以后，相随行箧，得时时展玩，并校正米书数字云。退密。

退密按：松雪所绘有有正石印本；文氏所作曾藏先大伯父湘云公宝米室，予均未寓目。

约在一九五八—一九六三

宋拓索靖《月仪帖》(有正石印本)题志

辛丑(一九六一)四月初四展现：真是章草无

上妙品，安得以印本之耶。四明退密记于松花江畔。

索靖《月仪帖》章草第一妙迹也。刻本见《淳熙续法帖》(此本是也)、《汝帖》、《星凤楼帖》、《郁罔斋帖》、《邻苏园帖》。参考文献有《广州书跋》、《弇州续稿》、《平帖记》、《集古求真》。

《急就章》书称皇象作；《月仪帖》世称索靖作。姑不论其是否出此两家，文献无征，难乎批证。然章草实脱胎于分书，隶之后，楷之前，必有此一本。若定谓非晋人所书亦无佐证。近时出土西陲木简即有此风格，能不目为非汉之间人所出乎？有唐作家林立，求如《急就章》、《月仪帖》者，从未之见，尤其明证。桐城姚氏之说，吾不取也。《月仪帖》流动简古，王氏梦楼之论，可谓确当。杨星吾(守敬)执中两可之言，吾所不取。

近时有所谓《哲本月仪帖》者(中华书局石印本)，乃陈公哲氏之所为。变碑帖之黑底白字，虽乏古趣，实便临摹，不妨取之为临池之具。

《说文解字》(商务石印，书牌题仿北宋小字本说文解字，藤花榭藏版，商务印书馆摹印)题记

辛丑(一九六一)岁暮补买于上海书友曹铁梅处。同时所得者尚有《广韵》及王菉友《说文句读》两种。退密记于汉石画室，时七月九日将北返哈尔滨云。

庚戌(一九七〇)新正，重读于石室。辛丑为一九六一年，庚戌为一九七〇年，所得三书，今所存者惟此耳。退密年八十三记于安亭草阁。

往吾家月湖草堂藏有孙渊如所刻宋本《说文解字》一部，抗战后失去，至可惜也。以后阅肆，即不复见，知其刻本亦不多也。退记，年八十又三。

退密按：此即孙氏所刻，书牌十字亦出孙氏手迹。

又按：《孙氏祠堂书目》内编卷一第十二页著

录《说文解字》三十卷条下注云：星衍仿北宋小字刊本一，即此本是也。惟原刻书品大，更宜于老人耳。八三叟退密记于安亭草阁。

明屠赤水（隆）先生手写《园居杂咏五十首》册（屠氏影印本）跋尾三首

一

吾鄞明以来法书，自当以丰南禺（坊）为第一，今观屠长卿此册，草法纯熟，天机流畅，视南禺无多让焉。先生不以书名，而其书之精能如是，殊堪叹服。诗为云将道丈作，盖太傅沈一贯子名泰鸿者也。考钱牧斋《列朝诗集小传》云：吴人孙人祖挟乱仙，称慧虚子，长卿笃信之。病革，犹扶床凝望，几慧虚飙轮来迎。与先生所吟"死将冤家出现，临终幢盖来迎"之语相合，盖实录也。然则"红粉筵中欢闹"，岂非先生淫纵之绝好罪证乎？白简劾罢，一蹶不振，可悲哉。辛丑清和月初五日退密记于松花江畔。

附录：春光真个去天涯，佳节频经苦忆家。老矣消魂惟饮食，紫杨梅与白枇杷。北来以后，黑杨梅、白沙枇杷，惟存梦想而已。辛丑端午口占一绝，书此留念。

二

此屠赤水先生诗稿，笔墨恣肆，颇足玩索。童萼君（槐）先生评为“游戏平原、海岳间”，朱菽堂（为弼）先生又有“即论书法亦颜欧”之语，均隔靴搔痒之谈。以予观之，先生全从李北海得法而能自出机杼者。明人善用狼毫，故其书挺拔乃尔。名家书法均有渊源可寻，泛称颜欧，是三家村人语也。里后学退密居士题。按：此跋于乡先哲多唐突语，即所见亦未必是，本拟不录，终于录之者以供他日攻愧之用耳。退密附志。

三

此册为屠康侯（用锡）先生影印行世，抗战中不知何人持来赠我。康侯先生为先君絜非公挚友，予趋庭之日，先生曾来吾家湖西故居，始得一见长者风度，长身玉立，仪表伟岸，其时先生住居江东，洵过江名士也。其先生之娑罗园在今宁波市内屠园巷。吾友毛君翼虎现居是其地也。闻诸翼翁，往有邻人屠姓，当为其后裔，惜已迁居西北，无从询其详情。娑（亦作莎）罗园之遗迹久经湮没，已渺不可寻矣。今日展观此册，为琐记往事如此。“人世几回伤往事”，徒资嗟叹而已。二〇〇三年八月二十四日退密年九十更生后书于安亭草阁。

夫莎罗故迹经四五百年风雨之久，其不存也固宜，彼吾家月湖草堂自清末庚戌（一九一〇）始建，历民国、解放终四十载，亦已鞠为茂草，能无华屋山丘之感乎？同日又记。

宋、明拓褚河南《枯树赋》合册（有正石印本）题志

褚河南《枯树赋》赵子昂有临本，并松雪手写《枯树图》合装，现藏壮陶阁（裴伯谦斋名），真迹未可见也。此童年时所书，自藏。壬寅（一九六二）夏重临于松花江畔。己酉（一九六九）仲冬望后展玩于四明石室，按册前有“阿五所藏”白文印，为童年自刻之石章，今已失去。此册原有明拓一种，昔年拆去以赠高吟春矣，故目此册已非全璧。

金冬心隶书（商务石印本）题志

甲辰（一九六四）正月十四日自买元宵十枚，坐车至兆麟公园观冰灯，后复至新华书店购此册及日

本影印之贺监（贺知章）《孝经》、东坡《天际乌云帖》三种以归。东坡帖近人已证实为伪，盖古董之假而佳耳。一九六四年二月二十六日退翁记。

宋拓右军《十七帖》（文明书局印本）题志

残本《十七帖》（帖内隶书题签）

退密于松花江畔南岗寄寓之忍冬吟馆，时年四十又九矣（在签下隶书两行）

右军用鼠须笔，刻读陆鲁望诗有“书健紫毫尖”之语，可见古人字势雄强，非紫毫莫办。退密偶记于忍冬吟馆，时丁未（一九六七）春二月初九日。

壬申（一九九二）九月初　重临于安亭草阁，时年七十又九矣。退翁抚今追昔题之，不胜岁月流逝之感也。

癸酉（一九九三）端午重观并临数纸。退翁。

壬午（二〇〇二）年八十又九重观。退密记于草阁雨窗下。

壬午（二〇〇二）孟夏重观于安亭草阁，年八十又九矣。退翁。

《盱江集钞》、《止斋诗钞》合本（有正书局活字本）题记

退密老人想念此集四十年矣，今始买得，可云幸矣。此本未知是否从《宋诗钞》而出，中多讹字，无从校定云。丁未（一九六七）春暮，退密记。

退密甚喜此册，常置诸床头，灯下诵读，甚味酐酐。《盱江集钞》中有《寄祖秘丞》诗，长达一百六十韵，一千六百字。如此长诗，求诸唐宋人集中假不多见。退密按：白居易《游吾真寺诗》为一百三十四韵，一千三百四十字。

又读止斋《止斋即事二首》诗中有“竹闭緘门钥”句，初疑“竹闭”为误，及查字书知“闭”为弓檠，以竹为之，以闭门户之具，两字出《诗经》，竟不知也。又《挽尤延之尚书》诗中“宿留江湖长子孙”，不

识“宿留”二字为何义，在句中又不协平仄，疑是“留宿”之误，然于义不合。经查词书，才知二字作“停待”解，语出《汉书》“宿留海上”句，“留”字去声宥韵。于是疑义尽释，豁然贯通，开卷有益，有如此哉。二〇〇三年十一月十九日记。

宋游相玉泉本《兰亭序》(商务印书馆珂罗版)题志

己酉暮春上巳，雨窗无俚，取所藏契序各本与此对看，觉山阴风韵去人不远。(一九六九)

右军书《兰亭序》后第二十七癸丑上巳展观于石室。(一九七三)

《兰亭》石刻所见不少，终有土木形骸之感。近日虞、褚、冯承素摹本俱在，然石刻仍不可废者，盖拙能取胜，如周鼎商彝，弥见古趣耳。丙辰三月朔日识。(一九七六)

宋拓定武兰亭(有正石印本)题志

甲寅(一九七四)仲春廿四日偕忠源居士馆于德大西菜店,过古籍书店遇买。四明退密并记,时年六十有一。

癸亥(一九八三)暮春三月十二日偕忠源观东瀛书法家永保秋光教授书道展览,与秋光夫妇立谈,甚为欢洽。归志于此,年七十矣。

癸亥夏历七月晦日(阳历九月六日)先室忠源居士突遇车祸,抢救不及,不幸逝世。昔日之乐,渺不可得;今日之悲,其何能已。观前题恍如梦寐。信笔涉此,为之泫然。甲子(一九八四)暮春三月十二夜识。

后丁卯(一九八七)嘉平月四明退密展观于石室,距伊墨卿、宋芝山两题已越百八十年矣。二十六晚记。

雍正乙卯为一七三五年,是年有王虚舟、乔固翁二跋。退密年七十四记此。

甲戌(一九九四)二月十九日临摹一过,距前题已二十足年矣。退密年八十有一。

己卯(一九九九)春正廿二日细雨霏微,冷甚。谛观于安亭草阁,是年八十又六矣。退密率志。

余藏有白麻纸淡墨拓定武本《兰亭》一种,得时时取出展玩之。惜不能令孙退谷、王篛林辈见之耳。退密又题。(按册内有退谷、篛林二氏题识。)

唐薛汾阴石淙诗(有正石印本)题志

石淙诗石刻与《全唐诗》颇有异同。曾记陈柱尊(柱)先生藏一本有硃笔校出,因予前有此本,未经购买,致失之交臂,为可惜也。北山楼主人欲假读此本,故为拈出,盍取《全唐诗》一校耶。退密漫识,丙辰(一九七六)季夏望日。

此刻曾拓数本,所拓均不及此本之旧,故虽印本，亦可宝。退密再记。

“切玉刻铜转使奇，不须含蓄致多姿。若将一祖三宗例，更有瘦金光陆离。”二薛书实不从褚出，其后宣和瘦金书，俨然一宗焉。四明石室主人漫题。

陈道复(淳)草书千文(上海科学仪器馆石印本)题志

白阳山人此刻奇变恣肆，逸态横生，虽文祝无以远过，所谓智过其师者非欤。惜不能得一拓本以资摩挲。山人苏州人，此刻当亦不出吴地范围，未知谁家园林耳。四明石室主人偶记。（约在二十世纪七十年代末）

按册内有名志翔者于丙子(一九三六)夏五录有陈淳小传，小楷熟练，今亦少见矣。退密年九十更生后录竟赘记。

《乐饥斋诗草》墨迹(国学保存会己酉石印本)题志

此《乐饥斋诗草》墨迹，从其用笔、结构、气韵、风神观绝非傅青主之书，且青主无此斋名。松禅老人定为霜红龛书，似近臆断。忆“乐饥斋”之名似在《明末四百家遗民诗》中见过。当时忘记出在何卷，致不易查得，但仍不难寻检也。此册乱头粗服，亦有风致，以视阳曲傅公，则何啻霄壤。予见青主之书大幅小桢，楷书狂草，小真书为数不少，而自藏尚有先生之《秋海棠赋》册页，古艳峭拔，姿媚横溢，尤为可宝，回视此册，觉有伧夫之概矣。四明退密偶记，年六十有七。(一九八〇)

退密按：《诗草》格式，诗在前，题在后。此册印行已久，世不多见，移录三首于此，以见君子乐饥之风，思与读者共享焉。

屋后一步地，长与屋无加。可东种者竹，栽

其西以花。种竹何妨小，而或以为葭。花亦有名菊，失养仅存芽。日光曝不及，蚊螟从而遮。谁谓我无兰，叶宁俭不奢。中有石尺许，奇古起烟霞。藏身莫如寂，摄气间嚣华。夜深月如昼，榛苓思自遐。搔首漫徘徊，徘徊树影斜。（主人书舍后，地余止一步，植花数本，港石几块，自号"退一步园"，盖以名其素心也。赋此见意者。）

渐觉世情远，块然形独违。杜机嫌德浅，抱影惜才微。一卷安疏拙，千秋任是非。幽林闲旷日，坐待夕阳归。

岁晚催寒急，山深积响哀。穴巢群鸟兽，贫病托蒿莱。深谢名非哲，巢由隐是才。寻常安得易，聊尽目前杯。（响水湾村居二首）

匋斋本《瘗鹤铭两种合册》（有正石印本）题志

瘗鹤铭出自何人所书，向无定论。有谓出自王羲之者，有谓出自陶弘景者，有谓出自王瓒者，又有谓出自顾况者。惟蔡君谟云："自隋平陈，中国多以楷隶相参，瘗鹤文有楷隶笔，当是隋书。"鹤铭字势纵逸，不主故常，总是六朝人之书。唐人守法严密，不能有此潇洒姿韵，君谟不限定为某一人之书，深得吾心。（君谟语见商务本《珊瑚网》四六六页。）

此本出版时疑用墨填补，殊乏神采。惟第二种"华阳真逸"一纸，传世诸本均无，真是千古妙迹。鹤铭用笔真貌当属如此严密犀利，非摩崖泐损，经后人一再刓刻后之土木形骸所得而比拟也。近人曾农髯（熙）临此，为取近似，易方笔为圆笔，其徒张大千步趋拟之。似未得鹤铭之真髓也。

《瘗鹤铭》字势飞翔，黄山谷有"大字无过《瘗鹤铭》，小字无过《黄庭经》"之语，盖尔时山谷所见必在石尚完好之时，亲得其用笔之妙，始作此语，故其大字亦全学鹤铭，取其所书《青原山刻石》而观之，当知吾言之非虚也。

南通包谦六词丈著《吉庵随笔》第一三一页云：阅商务版朱文公书牍第一册《答刘德修札》云：向

见面礼焦山瘗鹤铭侧有谪丹阳工曹掾王瓒题诗，诗词甚佳，字亦绝类鹤铭，疑出一手。瓒记已阙，但据赵德甫《金石录》云尔。近年万绝不见，不知今尚存否。暇日试为访之属正，则摹数本寄及为幸。王瓒诗首句云“江外水不冻，今年寒更迟”者是也。晦翁道学，乃能留意金石文字如此，宜其书法亦不平凡也。

退密按：王瓒题名一事，册内翁覃溪《瘗鹤铭考》中已经论及，可以参考。

写于一九八三年至二〇〇八年

唐《顺陵碑》残石旧拓本题记

一

今日为先室人冥诞，买黄花一束置像前，泚笔泫然。丙寅九月初四。

二

癸酉春三月初九展观于安亭草阁，退翁记时年八十。

三

此旧拓唐顺陵残碑剪贴本，与所藏整幅者墨色相同，当为同时所拓，常以之悬诸壁间作竟日观。传此碑为睿宗御笔，未必可信。初唐人书除欧、虞、褚、薛之外当推此刻，所谓“骨寒神秀”是也。

秦汉金篆八种放大本（有正石印本）题记

甲戌（一九三四）年新买，已藏之五十三载矣。退密年七十又三记。

癸酉(一九九五)四月望,退翁灯下观。

甲戌年八十又一再观。退密读此金文。

戊寅(一九九八)八月二十一日退密老人年八十有五展观于安亭草阁,体气康强,喜记。

精拓《散氏盘铭》放大本(有正石印本)题志

此抗战初所购之物,购后迄未临摹,相随未失,得时时取出展玩。吾友柳北野(璋)最工此铭,曾书联赠予,尚在寒斋。癸酉(一九九三)闰三月,退密偶记,时年八十。

宋拓《龙藏寺碑》(有正石印本)题记

癸亥为一九二三年,是年先君在沪有正书局购得碑帖十数种,面页均有先君亲笔题记岁月,此其一也。迄今已越七十载矣。孤儿退密手志于安亭草阁,时八十,往事尚历历在目也。韶光不再,可叹可叹。按此本面页钤有"阿五所藏"阴文印,乃予童年所刻,幼稚可笑。

《读史论略》(铸记书局石印本)题记

《读史论略》为过去士子诵习之要籍,熟而背诵之,可得二千年史事之概况。予童年时即知有此书,晚年即时遇买,然已不能效儿时之占毕矣,可慨也乎。退翁年八十又四检出记。

退密按:此册末页有"上海新闸酱园弄青岛路铸记书局校刊石印"字样牌记。从前书局翻印古籍,随处都有,于弘扬文化一点,亦功不可没。得一好书,终生受用焉。

二〇〇三年十一月十四日退密记

《莽庐词稿》跋尾

右《莽庐词稿》一册，钞本，不著撰人。视其人之交游，有虞山王南士、青浦方仁后、钱唐陈小蝶、黄岩王玟伯、宝山李东野、太仓许瘦蝶、太仓黄伯钧（觊庐）、太仓女史施学诗数人。于后三人以同乡称之，知作者之为太仓人也。余三人，曰胡石予，为其同学，曰冯叙九，为其门人；曰张师石，均未著里籍。其人所历之地有上海、舟山、镇海、白门、华山、北京等地。视其词之写作年月，最早者为丁巳、戊午（一九一七——一九一八），其余为壬戌（一九二二）、乙丑、丙寅、丁卯（一九二五——一九二七）数岁。集内有《贺新凉・感事》一首，当为北伐战事而作。其词瓣香南宋，近吴谷人、郭频伽一路，以清丽蒨绵胜。其人亦擅绘事。

此册非作者手稿，何以知之，视其所录，鲁鱼亥豕不一其处，非作者自书所应有也。此册之外，尚有摹本字帖多种，如《汉·郭有道碑》、怀素、文氏《千文》以及东坡之《赤壁赋》等共八册，均纸质完好，装订如一，盖出于一好古劬学者一手所为。挚友陆咏翁以昂值得诸市肆，携来同赏，并谓吾二人为作者之异代知音，诚不为过。还瓻在即，辄书数语以志鸿雪。时在二〇〇一年岁次辛巳国庆中秋合璧之夕。四明八十八叟周退密。

安吉县东汉鱼筌（梈栳）同范砖拓本跋

鱼斋昨以新获汉砖拓本一纸见示。砖边长三十厘米，厚五点五厘米，前端横向一鱼，目圈形无珠，鳞片圆点，可辨者三行十四点，脊腹有鳍，首尾俱全。鱼下为规矩纹图案，二者约占全砖之半。图案下横卧一物，壶形，大腹敞口，有圈足，两弦外撇，宛如铜器之豆。壶外有绳状半圈环于壶之左右肩，暗示可以提之而行者。初，鱼斋电话告予，谓为酒壶，及见拓本，不能无疑焉，以为鱼与酒壶无直接关系也。凝视之顷，亟大呼曰：此得非吾人习见之栲栳欤？

栲栳者笼状竹器，亦有屈柳条为之者，无盖，有底脚可以竖立，有绳穿其左右肩可以提挈，亦可系诸腰部。渔人得鱼，即可顺手投入其中。栲栳为状，未见图录。《庄子》有云，“筌者所以得鱼，得鱼而忘筌”。筌乃捕鱼之器，未见形状，亦未知用法。惟少时见渔人常以竹笼沉诸湖水中，早置晚收，或数日一收，则鱼虾、螺蛳，甚至水蛇已尽入其中矣。其物亦名栲栳，惟形制视仅供临时置鱼之栲栳为简化粗糙而已。用于置鱼之栲栳，编织严密，用于捕鱼之栲栳，内杂置柴薪，阻鱼入而复出。然则栲栳倘即庄生所谓之筌乎？至于以筌捕鱼之方法，唐《船子和尚拨棹歌》第十首中有“即掷网，又抛筌”二句之描述。可知古人以筌捕鱼，一如吾人今日之以栲栳取鱼，两者实无二致。鱼与栲栳，同出一范之砖，尚属初见，具见先民匠心。地不爱宝，天赐尤物，实为新年眼福。予既为之正名，复为之跋，愿鱼斋更有说焉。二〇〇二年二月十七日岁次壬午正月初六退密书于安亭草阁。

附注一：退密按，筌字《说文解字》未收，栲栳二字亦未见许书。惟《尔雅·释器》："籗谓之罩。"郭璞注云，"捕鱼笼也"。其形状见诸《尔雅图》中，为一与栲栳类似之渔具，盖持之以罩鱼者。又籗字（亦作竹下双霍字）《说文》云"罩鱼者也。从竹靃声，竹角切"。段玉裁引《广韵》音苦郭切（kuo），栲栳二音快读近之。然则"籗"即栲栳，快读为（kuo），而缓读为（kaolao），二者实一物也。臆说如是，以俟高明论定。

附注二：唐《船子和尚拨棹歌》第十首全诗云："揭却云篷进却船，一竿云影一潭烟。即掷网，又抛筌，莫教倒被钓丝牵。"

附注三：吾乡喻吝啬之人曰"金丝栲栳"，谓金钱一入其手，即不复出，一如鱼之入栲栳而不得脱也。记之以供温噱。

《佞宋词痕》序

仆童年读书，知唐郑虔有诗书画三绝之誉，以为以一人之智慧而达三艺之绝诣，何其伟哉。然而古既有之，今世当亦不乏其人，恨吾未相值耳。稍长，涉猎所及，识见稍广，章句之外，浸及书画领域，始知宋之米元章、元晖父子，明之徐青藤、陈白阳、文衡山、董香光，清之恽南田以及扬州八怪中之黄瘿瓢、高南阜、金冬心、郑板桥之流于艺事莫不出类拔萃，优入圣域，为三绝之高选。其作品均可历百世而不朽者。迨负笈来沪，多见溥心畬、张大千、吴湖帆三先生之画，不仅丹青工绝，亦且书法茂密，辞翰渊雅，赏析之余，觉前贤风规，去人不远，以当三绝之称，略无愧色。三家之中，湖帆先生久客沪上，故得屡见其作品，书画之外，闻有《佞宋词痕》一集传世，以未得其本而诵之，弥增仰慕之情。

退休以还，仆辄以填词消遣岁月，曾得先生撰著之《联珠集》一册而读之，知先生幼年从未肄习倚声，及至离开学校二十五岁时始见吴瞿安先生之套曲而引发学词之兴味。及甲子（一九二四）岁自苏来沪之后，从词学耆宿朱彊村、冒鹤亭、夏剑丞、叶遐庵诸公游，聆谈词学，然尚未敢轻率出手，发为篇章。仅假集句一途以为感发性灵、简练揣摩之用而已。昨者读遐庵先生《佞宋词痕》序言，知先生肆力于词在八年抗战、上海沦陷之中，殆亦为先生填词成熟，波澜不二之时期矣。

默念先生一生七十余年中，可谓之天翻地覆之空前时代，其间可歌可泣之事层出不穷，事发于外而内撄诸心，以诗人之多愁善感，特殊敏感之气质，抚今追昔，当有不少凄婉哀怨、惊心动魄之作可于集中见之。惜夫迄今犹未窥其全豹，仅就先生散落于人间之断篇零章而消息之而已。

先生之词，植根于唐五代。小令祖述《花间》、欧、晏，长调则淹有两宋之长，而于耆卿、梅溪、白石、草窗为尤近。谋篇布局，若行云流水，舒卷自如；遣辞造语，若风条露叶，轻灵葱蒨，靡不可爱。曼声唱之，如啖哀梨，清脆爽口，回味无穷。其运用之巧，一如其画，水墨交融，殆无辙迹可寻。以视近世务以重、拙、大三字作为倚声之极诣者，夐乎远矣。先生生于词学复兴时代，周旋于诸词学大师之间，而能准古酌今，宫商悉协，恰到好处，自成风格，诚可谓之戛戛独造者矣。

近者上海书店觅得《佞宋词痕》旧刊本五卷，益以庚子（一九六〇）以前未刊稿卷，将合刊一集以饷词坛同好，使之广为流传，洵艺林盛事也。《词痕》稿本出自手录，小楷秀丽入古，深得河南神韵，令人作瑶台婵娟不胜罗绮之想，于提高书法艺术之欣赏水平，大有裨益。古人称画为无声之诗，则先生之词实为有声之画，得一集而三绝具，不亦大快人意乎。将见此集不胫而走，纸贵洛阳，人手一册，家弦户诵之不暇矣。抑仆又有言者，当解放之初，曾一见先生于飞龙大楼，惜乎尔时未及奉手请教，光阴荏苒，已隔半个世纪。今以垂暮之年，得握管为前辈大集作序，岂上苍欲为仆补五十年前之遗憾于一旦耶？有缘如此，为尤可念矣。第不知先生地下有知，见此芜辞，得不斥其为隔靴搔痒否耶。是为序。

二〇〇二年三月岁次壬午仲春四明后学

周退密书于安亭草阁，时年八十有九

初拓未断本《曹全碑》(有正石印本)题记

此册为先君癸亥(一九二三)年购得时题藏于故居剑胆琴心阁之物,已历时八十年尚得而摩挲之,可云幸矣。壬午(二〇〇二)孟夏,四明石室主人周退密偶志,年八十有九于安亭草阁。(按:此册与龙藏寺碑均钤有“剑胆琴心阁珍藏印”阳文牙章。)

清冯鱼山(敏昌)手札真迹跋

此清冯鱼山太史致名华玉、蓝生兄弟手札若干通,都二十五叶,行草萧疏,风神散朗,大得山阴法乳。太史生当乾隆盛世而能不染赵、董两家习气,尤为罕觏。册内有吾甬郑家相先生民国六年丁巳(一九一七)跋,谓为得于粤中,时先生正任广东高等审判厅书记官之职，未几，以不乐仕进，解组归里，就任宁波第四师范学校教习。校在月湖虹桥南堍，故先生跋内有“识于虹桥草堂”之语，自号卧虹，翛然有出尘之想。家相为近今之古币专家，有著作行世。其女夫孙传哲为国家邮票总设计师，均有声于时。册内有“衡山”二字朱文小印五处，疑此册曾经沈钧儒先生寓目共赏者。去岁吾友平安馆主人得诸市肆，曾携来共赏，叹为不可多得之乾嘉学人真迹。今重经潢治，愈见精光绽露，古香扑人。留置案头，赏玩弥月。率书还之，深庆眼福。二〇〇二年七月一日四明周退密书于安亭草阁，时年八十又九。

元赵孟頫画马真迹长卷跋

右元赵孟頫画马真迹长卷绢本，卷长九百四十五厘米，宽二十八点五厘米，为马四十二，为人物二十六，犬二，羊一。画笔老练，设色古艳，而形象又极生动，洵为可宝。

此卷向藏吾家宁波月湖草堂，一九四七年秋，先子絜非公弥留之际，以授不肖。时父哲施省三先生在座，嘱善藏之。故得保持不坠。回首前尘，历历在目，不觉半个世纪过矣。

忆先子在日，曾谓此卷旧藏竹都桥陈氏（宁波大族迎风桥陈家之一支），清光绪季年陈康祺以三千两银质诸吾家，逾期未赎，遂留置迄今。先子在日，曾诏不肖曰，凡遇古物，不必请人题赞，任其流转于天壤间可也。故凡草堂中物，均不着主人一字，不钤主人一印，其泊然寡营，不留滞于物之人生观如此。

康祺字钧堂，清同治十年进士，官刑部郎中，著有《郎潜纪闻》传世，钧堂少时即有文名，所谓“陆霞、毛朗，清夫、钧堂”是也。陆霞即陆廷黻，字渔笙，同治十年进士，官翰林院编修，提督甘肃学政，著有《镇亭山房诗文集》云。二〇〇二年岁次壬午大暑周退密书于安亭草阁，时年八十有九。

（按予旧曾写有一跋，遍觅未获，此文补作，略存梗概。）

邵氏种瓜轩藏名人尺牍序

尺牍为人所珍，由来已久，西汉末陈遵字孟公，“赡于文辞，性善书，与人尺牍，主皆藏去以为荣”。[①] 此当为尺牍收藏见于典籍之权舆。自晋以下，至于六朝隋唐宋元明清，能书者辈出，今所传二王颜柳之翰札，皆其类也。二王名迹得唐文皇而益显，文皇实为尺牍收藏之第一大家。后此，公私藏家，指不胜屈，名人手迹，赖以传世。或人以书传，或书以人传，阐幽显微，厥功伟矣。

近今之言尺牍藏品，就予所见，当推苏州之潘博山，上海之杨通谊、费席珍、郑逸梅诸家。此数家之藏，或以精善珍罕见称，或以人物繁富著名。其藏品来源，或出于斥资购求，或出于其家本有，因其人之交游广泛，通邮频繁，日积而月累，不期然而成为藏家。揆诸江阴

① 见《前汉书·列传第六十二·陈遵传》。

缪荃孙、嘉兴沈曾植、如皋冒广生诸耆宿，亦莫不然也。

吾友邵子川，为和县高士邵子退先生之家孙，承家旧学，于书画二者，卓有成就，并负时誉。君为人谦和，秉性恬淡，退食之暇，以摩挲名人尺牍为乐。昨者君以所蒐罗之手札数十通见示，琳琅满目，大慰饥渴。视其所蓄，大抵远及晚清，近及时贤。夫时至今日，倘言收藏，不得不收及近人之手札。盖其人健在，得之不难；即便下世，征集犹易。果悉力以求，当可如愿以偿。语云："泰山不择细壤，故能成其大。"收藏一端，亦莫能外。所不足者，近人操觚，多舍毛颖而用钢笔、珠笔，多弃宣纸而用洋笺，以较吾国固有之传统书写方式以及书法艺术之品位，已大相径庭、不可同日而语矣。纵有可赏之辞采，可采之史料，亦不免逊色。信夫时移世异，人往风微，大势所趋，不以一己之爱好为转移。邵子嘱予为一言以弁诸简端，爰书此以归之。文字俚俗，识见凡下，不足以言序也。

二〇〇二年岁次壬午，冬至

八九叟四明周退密书于淞南之安亭草阁

種瓜軒珍藏

名家翰札

壬午長夏

周退密署檢

旧拓唐欧阳率更草书《千字文》（文明书局印本）题志

残本欧阳询千字文（册内隶书题签）

四明退密临池长物于古粟末水畔（隶书两行）

予年十一二岁时见沈寐叟（曾植）临千文屏条四条（商务石印本），从“比儿孔怀”始，甚以为怪。尔时尚不知其即从此出也。今真老矣，于率更之草已无能为役矣。退密年八十又九书。

周馨海藏《百寿图》长卷跋

吾友周子馨海，海上之名画家也，绘事之外，酷嗜书法并广交游。近年君遍求当今名流硕彦为各书一寿字，共百幅，装为长卷，名之曰《百寿图》。明时盛事，必将传为艺林佳话。

窃谓寿者乃万物生存之要素。亿万年前之恐龙化石，此物质之寿也；百十余岁之翁媪，此生人之寿也；千秋英烈，流芳百世，此精神之寿也；李白杜甫，光芒万丈，此文字之寿也。古今人莫不以寿为世上之头等大事。故见之于典籍者，《洪范》有福寿康宁之言，《诗经》有天保九如之颂。今君以百寿伸其宏愿，祝世人同登寿域，仁人用心，懿欤盛哉。爰书数语，以赞以颂。四明周退密书于淞南安亭草阁，时年九十。

二〇〇三年三月二十一日

陈巨锁《章草书元遗山论诗三十首》长卷跋

巨锁先生昨以章草书元遗山《论诗三十首》长卷邮递见示，展卷观赏，老眼为之一亮，信夫当今艺苑之照乘珠也。章草书近日有以用笔凝重、结体奇古为工者，望之若夏禹岣嵝之碑，古则古矣，其如人之不识何？今先生之书则异是，盖能以二王之草法融入汉人之章草，化板滞为流畅，精光四射，面目为之一新，而结体则一仍章草之旧，规范斯在，为尤可贵也。

先生生长于忻州，沐山川之灵气，得遗山之诗教，以绘事名噪南朔。予尝读其诗若文，均秀发有逸致。此卷八百五十字，连绵若贯珠，一气呵成，无懈可击，洵可谓之优入圣域者矣。诵厉樊榭“清诗元好问，小篆党怀英”之句，遥企山居，吾意欲与之俱远矣，爰书数行，以求印可。二〇〇三年三月三十一日四明周退密书于海上之安亭草阁，时年九十。

贺兰山岩画放牧图拓本跋

贺兰山岩画有狩猎、放牧、舞蹈等诸刻，为吾中华大西北远古历史文化遗产。向慕已久，苦无拓本可资玩赏。昨日忻州市作家陈隐堂(巨锁)兄忽以拓本一纸见赠,为之狂喜不已。

岩画为阴文凿刻,与嵩山汉画像石刻之作阳刻者异。画中可见者:人二、马一、羊三(注)。左一人握长杆从马上跃起驱赶羊群,马张口而前。马前又一人握杆徒行,意在束羊使之就列以免散逸者。羊三头,首尾相衔,时时作回首反顾状,形象极其生动。隐堂于拓本空白处题"日之夕矣,羊牛下来"《诗经》二句,盖明此刻为放牧而非狩猎,可谓精鉴。

君自谓:辛巳之春曾于役银川,亲临贺兰山下,得摩挲岩画,有"观之再三,不思离去"之语。其好学深思有如蔡中郎之于《曹娥碑》、欧阳率更之于《索靖碑》。昔香山居士有云"劚石破山,先观镵迹,发矢中的,兼听弦声",以之移赠吾隐堂,可谓恰如分际,想君亦当乐受之也。

注:拓本下幅尚有耒耙形之农具一。

二〇〇三年八月二十日

唐薛曜书《夏日游石淙诗》明拓本跋

此周久视元年（七〇〇）五月薛曜奉敕书《夏日游石淙诗》拓本。薛书源于褚河南而加刻削，锋芒毕露，字形瘦长，允称特色，后宋思陵学之而成瘦金体，克享令誉。今世人知有赵佶而不知有薛曜，亦可谓之数典忘祖矣。至此拓之精之旧，以较平等阁藏本如出一辙，定为明末清初拓本，实不为过。永明仁棣持来嘱审，率书数语归之，幸善护之。癸未金秋，四明周退密时年九十更生后书。

二〇〇三年十月四日

唐薛曜书《秋日宴石淙诗序》明拓本跋

予藏有薛书《秋日宴石淙诗序》石刻拓本，拓精而不旧，定为清中晚期拓本，盖其石泐损愈甚，不得明拓，无以餍饫人心也。近吾友费君永明于拍卖场一举而得两刻拓本，可谓好运。永明持来同赏，老眼为之一亮。当今明清之际拓本，已稀如星凤，永明其球璧视之，并毋使之失群。癸未金秋，九十老人周退密书于四明石室。

册内有元和金承照识语，以书中之薛曜比于诗中之贾岛，亦殊确当。今录其全文如下，毋使之幽而勿彰也："薛曜书名与欧、褚齐驱，却于欧、褚之外别立一帜者。其书寒瘦苍劲，与贾岛之诗同一品格。此《石淙序》向来购求不易，今得此白纸精拓本，装潢既成，书此数语以志喜。光绪十九年(一八九三)六月元和金承照识。"

二〇〇三年十月四日

唐欧阳询书《皇甫君碑》旧拓无逸本跋

欧阳信本之书得北朝碑志清刚之气，至世人有隋《苏孝慈墓志》出欧书之说，良非瞽谈。此碑予童而习之，其字之间架，至老未忘。碑在明时已断裂，致有泐损。世传拓本以“线断”为上，次为“三监”本，再次为“无逸”本。此本“无逸以为邢”五字完好，毡墨黝碧，精光逼人，率更精神具在，为近今不可多得之佳拓。潜斋居士得于历下旧肆，持来同赏，为书数语归之，幸善护勿失，永为临池之宝物。癸未寒露，九十叟四明周退密更生后书于安亭草阁。

册内有悦古斋、听雨楼以及王庆轩、孙吉庆、苗霖等人收藏印，潜斋好古嗜学，或可查考得之。同日又识。

清初拓本《怀仁集王书圣教序》跋

自珂罗版印刷术盛行以还，碑帖名迹可以下真迹一等，平常拓本为之失色。然而墨拓仍不可废者，以其古色古香，足与鼎彝同赏也。此《怀仁集王书圣教序》，麝煤陈旧，古香扑人眉宇。验其泐损字迹，可定为曼殊初叶拓本。如此法物，求之近日，已属稀有。潜斋居士于役济南，得诸旧肆，携来共赏，为之欢喜赞叹。爰题数语还之，深庆眼福。癸未霜降后六日，九十老人退密。

此册经前贤校阅并朱笔断句，尤便诵读。棐几展对，觉晋人书法，唐人文章，一时毕集，如此清福，能享之者得几人耶。同日又题。

再跋自藏《晋永和十年甲寅鱼纹砖拓本》

偶读孙诒让先生《温州古甓记》著录有“永和十年（三五四）八月廿二日作陈氏砖”一种，谓“庚辰（清光绪六年，一八八〇）十一月得于瑞安西门内西岘山巅废冢中。砖上下端并为华纹，字在其间，其左侧篆书‘陈氏’二字，分厕于华纹之间”云云。取校予所藏之“永和十年太岁在甲寅，章孟高作，鱼纹砖”拓本，文字、花纹无一同者，当非一墓所出之物。至其出土地点当亦在瑞安，出土年月当亦在同一时期。特备录之以广见闻，俾后有所考焉。

二〇〇三年十一月十五日

凤翔轩诗序

金山多诗人，前辈如高吹万先生，同辈如蒋松亭、彭鹤濂两先生，忘年之交如黄君思维皆是也。吹万先生经学名家，其词章彪炳士林，予曾读其零篇散章，文采风流，典型足式。惜瞻近无缘，未得一聆其謦欬为憾。蒋、彭二翁则以同隶上海诗词学会，故得而尚友其人，挹其风采，上下其议论，亦曾往复唱酬，引为退食乐事。鹤濂翁于诗学唐人王孟韦柳一路，早岁即负盛名，为当代宗匠李拔可、夏剑丞等诸老辈所推重，语在先生自刊之《棕槐室诗》集中。松亭翁为光华大学文学士，以教授名校南洋模范中学终其身，于诗不主故常，无唐宋畛域之见，温柔敦厚，不激不厉，盖得力于香山、放翁者居多，有

《松亭诗稿》正续两编，为世所珍重。思维曾问业于平湖许白凤先生，先生于诗词能自出机杼，饶有个性，成一家言。生前自刊《亭桥词》，词浅语新，境界独辟，一洗陈腐，最具时代特征，他日必将在文学史上高踞一席。先生荒江老屋，安贫乐道，不求闻达，而以培养后辈为己任，提携之若不及。犹忆予之识君也，实出先生之介绍，一若为弟子访师觅友为其分内之事者。岁月不居，默数吾与君缔交至今近二十年，使予垂老得一直谅多闻、切磋学问之良友，信夫吾道之不孤也。

君出身儒医世家，尊翁天铎公以妇科方脉，名满海隅。哲人其萎，民到于今颂之。君事亲孝，友于兄弟，有贤夫人为之耦，少君晨，习岐黄，能传祖业，一门雍穆，为近世所仅见。故其为诗，一本先儒诗教，属辞渊雅，诗如其人。君子比德于玉，庶几近之。近年以还，君有作必录副示予，求为推敲，其虚怀若此，宜乎其诗之日进不止也。先是，君亦问填词之学于女词人张珍怀大家，得其指授，故君不特工于诗，亦复长于倚声。锲而不舍，可预胜流，有厚望焉。

窃维诗词之用多途，要以言志抒情为主。予自知于诗词无师承、根柢可言，只略工感慨以自写其怀抱而已。且往往一意孤行，不恤人言，力求不用典或少用典以求老妪皆解；力戒不做应酬诗以节省脑力与时间。所得与同志相见者尽一己之身边琐屑。每标“言之有物，宁显毋晦”数言为自守之信条。一隅之见，曾获君之印可。然则以此揭橥诗坛，当亦无伤乎诗道之大雅也欤。

君近自选历年来之诗词若干首为一集，名之曰《凤翔轩诗词》，将以谋付剞劂，甚盛事也。君生于金山朱泾镇，有桥曰凤翔，今桥毁而凤翔里之名犹在人口。君生于斯，长于斯，实为诗人游钓之乡，以之名集，亦君子不忘其旧、恭敬桑梓之义也。君以序言责予，爰述吾二人间平时所语或所未及语者著于篇，以为知人论世之助。文字俚俗，诚不足以言序也。

二〇〇三年十一月二十日四明

周退密更生后书于安亭草阁南窗下，时年九十

崔耕仿汉"红豆宦主"瓦当拓片跋尾

年前挚友钱夷斋（定一）兄女公子钱芃，自非洲回国省亲，以几内亚产红豆大小两种数颗见赠，欢喜之余，辄以红豆宧名吾室并赋《南柯子》小令征同志宠锡和章，卒成《红豆词唱和集》一小册，得人若干家，得词若干首，田遨、钱芃、马缉庵（祖熙）三君为之序，夷斋为之题签，虽小道居然可观。印行之后，续作纷至，方思重印，苕上友人鱼斋金君闻之，愿任剞尾之役，增补之后，印行于世。客岁郑州考古专家崔耕老闻予有是刻，手制"红豆宧主"四字瓦当一枚，乘其远道来沪见访之机，持以赠我，盛情可感。瓦当字仿汉篆，展布停匀，形制古朴，俨然两京法物，爰濡墨拓之得若干纸，以备分贻同好雅玩。他日或有好事者得之，奉为拱璧，未可知也。二〇〇三年岁次癸未初冬，退密书于安亭草阁，时年九十。

二〇〇三年十一月二十八日

山东嘉祥出土汉石刻《孔子适周问礼图》拓本跋

第一跋

以孔子问礼故事为题材见诸画像石刻者，就予所知有山东嘉祥汉武梁祠出土之《孔子见老子图》、河南洛阳出土之南齐永明二年（四八四）《孔子在鲁太庙问礼适周图》并此山东嘉祥出土之《孔子适周问礼图》而三矣。永明画像石出土后辇致南京华林园（即旧时南京政府考试院所在地），拓本流传罕觏。予仅从往日报上见之。今不知石尚无恙否，亦有拓本散落人间否。鱼斋道兄新获是拓，出以见示，欣赏之余，为书所知归之。

第二跋

此刻石高五十五厘米，长六十厘米。石分上下两栏，上栏为《孔子见老子图》，老子西向拱手立，前面一童子为项橐，即所谓“生七岁而为孔子师”者（以项橐与老子同居师位，其构思何如此之奇妙）。孔子佩剑，东向拱手，鞠躬作揖。手捧一物当为雁。从者四人，各捧礼物，端立孔子之后。构图严整，神态肃穆，为不可多得之汉画像石刻。下栏二马轺车一，盖下御者右坐扬鞭，主人袖手左坐作观望态。从者两人骑马随行。四人中除御者外均须髯如戟，欣欣然面现喜色。石无题榜字，予以为上栏是《孔子见老子图》而下栏只是一般之《轺车出行图》，两图题材各不相属。爰为拈出，以俟博雅论定。

二〇〇四年二月十日

跋湖州孝丰新出土汉砖拓本

鱼斋道兄新于孝丰山中古塚遗址得断砖二，以拓本见赠。其一为鱼纹，鱼有鳍有鳞，嘴部上锐，极似江南之刀鱼。鱼头前有一圆形物，以以往他砖证之，当为五铢钱。惜已泐损，不见文字。鱼、钱并列，殆取“家有余钱”之义乎。然于书无征也。另一为虎纹，形制生动，自背及尾寥寥数笔，使老虎有毛发耸立、怒形于色、准备战斗之概，手法极其夸张。然虎之左腿忽悬空擎起一物如串铃状者，未能识其用意何在。虎后又有一壶形物，鱼斋疑为鱼椁栳（鱼篓）。窃思虎与椁栳无连带关系，故亦未敢遽以为然也。鱼斋言此残砖二段可粘合之以成一砖，作为案头清供，信夫君之好古而能敏求也。

二〇〇四年二月二十五日

《亭桥词话》序

平湖许白凤先生蓄道德，能文章，为世所敬仰。荒江老屋，翛然尘外，视名若利者蔑如也。穷年兀兀，吟诵自娱。求之今日，实罕其俦。长沮桀溺，古所谓辟世者非欤。

先生著述甚多，生前已刊行者有《亭桥词》及《亭桥诗》二种；未刊行者有《清溪牧笛》、《古锦别裁》、《亭桥词话》等数种。昨者先生高第弟子陆君永祥将先生遗稿寄示，谓将次第付梓，以广其传。因思陆君自其青年，即好填词，久从先生问业，并因先生之介而相识，故十余年来得读其词作，并为其自著曰《乳舟词》者作序。商量邃密，换羽移宫，实为今日吾党之继起者。今以《词话》之序相属，岂以仆为能知先生之词者欤。

聿自清末以来，斯道寖微，而名家辈出。词集之外，词话亦多，如陈廷焯之《白雨斋词话》、况周颐之《蕙风词话》、王国维之《人间词话》，莫不词林传诵，艺苑蜚声。夫词话之作，大抵以评骘高下，讲求声律，传授心法，掇拾遗闻等为职志，未闻就自己之作而为之笺释者。有之，其惟先生之《亭桥词话》为滥觞乎。

《词话》于自作每阕之后，述其作词之由，旁及农村之风俗，习尚之变革，物产之丰歉，人际之亲疏，俾词与话互为印证补充，收相得益彰之效。论其体裁，实与吾乡姚燮之《读风补义》及近人俞平伯之《读词偶得》、《清真词释》等相类。噫，是可传矣。所微憾者，话仅三十八篇，难餍读者之望耳。

先生为人真率，故其词亦极自然之趣：不事雕琢而靡不合律；不苦思冥索而声实并茂。就地取材，雅俗共赏，盖天壤间自有此文字，即“文章本天成”，而先生“妙手偶得之”耳。回忆昔年先生初刊《亭桥词》时，曾为之题辞，忽忽二十余年，先生下世已数年，仆亦年登大耋，而学不加进。今陆君不弃，属为序言，自愧于先生之词学未能有所发挥，率书所见以复于君，其能免于盲人摸象之诮者几希。

二○○四年甲申春分，四明周退密书于

淞南之安亭草阁，时年九十又一

山东嘉祥新出土《石阙系马图》石刻拓本跋

此嘉祥新出土之《石阙系马图》石刻拓本，石高六十九厘米，宽五十四厘米，继甚江先生托吾友金鱼斋兄寄来嘱题并以别拓一纸见惠，殊感雅谊。

按阙为古代之建筑，由左右两台合组而成。两台之阙处即为通道之入口，由此以达于宫室或陵墓，此其得名之由来也。阙不必有门，有门者谓之阙门。阙内聚落，谓之阙里，后惟曲阜孔子故里始得而专之。阙上饰有凤鸟者，谓之凤阙，台之可供观望者，谓之观或望楼。合二台始成一阙，若指二台为双阙，殊非确切。不则亦为语病。故予于此刻只称石阙而不称之为双阙者，职是之故。

系马于阙，当为古人生活上习见之情事，非必有其故实也。图中之马，踠颈扬蹄，神态极其生动。地不爱宝，珍物日出不穷，使吾人倍增眼福，洵衰年无上之乐事。率书所见，幸继甚先生有以教我。

二〇〇四年三月二十四日四明
周退密书于石室，时年九十有一

萧县出土汉《石阙水禽窥鱼图》石刻拓本跋

此萧县出土汉《石阙水禽窥鱼图》拓本，石高五十四厘米，宽五十七厘米。阙上有檐，檐下有门，即阙门是也。门前两力士戎衣持钺立。两钺交叉，兵卫森严，其为王侯之第宅而设欤。力士前各有一犬，高可及胸。《尔雅·释名》："狗四尺为獒。"是为猛犬，《左传》所谓"公嗾夫獒"是也。力士两侧各有一门吏，佩剑执戟，仪态肃穆。门吏外侧左右两端各有一长青树。阙台两层，中间空处，有鱼一尾。右台上立一阔嘴短胫之鸟，作俯窥游鱼状。左台上一鸟方展翅起飞他处，惜石有泐损，未见刻画之妙。鱼之左上方又有二鸟于得鱼饱食之后正在悠然离去。此图创意精到，神态生动，洵为汉石画中不可多得之杰作。

予按汉魏乐府中有"朱鹭食鱼"故事。朱鹭形状当与白鹭相同，为长嘴长胫之水禽，以较图中之鸟阔嘴短胫者迥异。予以为图中之鸟似为鸬鹚，即俗称之水老鸦，亦有呼作鱼凫者，即常见之野鸭，均有飞翔、没水、捕鱼之本能，非特形状相似而已也。拓本为吾友金君鱼斋所有，君寄来嘱题，率书所见以俟高明论定。甲申闰二月初九四明周退密书于石室，时年九十有一。

退密按，汉魏乐府《朱鹭》歌词中有"不之食，不以吐"两句，把它译成现代语言应是"没把已经到了嘴里的鱼吃下肚去，又不把它吐出来”。这样的描写完全可以移在鸬鹚身上。所以我觉得古代所称的朱鹭会不会就是鸬鹚？说朱鹭是红色羽毛的鹭鸟，值得怀疑。其次，前人对《朱鹭》这首歌词的解释也觉得有些牵强。很想另为一文以说明我的看法。

自藏上海博物馆影印《淳化阁帖最善本》题志

四明周退密于一九三九年夏历己卯正月朔获观此王铎签题宋王淮藏本淳化阁帖六、七、八三卷于先从伯父湘云公青海路寓庐，曾有短文记此胜缘。后六十五载原本还归故土影印出版，得摩挲数四，率题数行志庆。

二〇〇四年岁次甲申四月，时年九十有一，书于安亭草阁。

二〇〇四年五月十五日

鐵榦銅柯五百年，天留神木睨烽烟。宜陽何物與同傳？

瓔珞低垂紅紫艷，羅襦初解澤薌綿。及時行樂感華顛。

閔行古藤園看古藤浣溪沙詞

戊子仲夏 退密錄稿

何之硕旧藏北魏《石门颂》拓本跋

一

此北魏《石门颂》旧拓本为嘉定何嘉字之硕先生旧藏之本。先生早岁毕业于吴淞中国公学，出绩溪大师胡氏之门，平生最工倚声，得夏敬观先生之指授，曾与老辈冒广生、夏敬观、林葆恒、夏承焘、龙沐勋、吕贞白等共组午社，著书多种，惜今所传者惟《和阳春集》耳。先生生于清宣统三年庚戌（一九一〇），书此跋时在民国二十四年（一九三五），年才二十五岁，书法已娟秀如此，深得当时北魏书风，求之今日，虽老辈莫办矣。惟所言阳羡陆半农征君未悉其人。日昨稔交黄君福康以此本见眎，爰书所知还之。古拓日鲜，幸善护之。

二〇〇四年五月廿七日周退密书于安亭草阁，时年九十又一。

二

予识之硕先生在陈兼与丈之茂南小沙龙，先生长身玉立，言辞安详，望而知其为积学之士。先生工绘事，曾允为予及予同学朱了然兄各作一填词图，未几，了翁先予得画，则见其笔墨萧疏，设色淡雅，卷气盎然，深为叹赏。时方盛夏，予未敢以能事相促迫。迨暑热稍杀，即欲往访先生于其沪寓，而先生已遄返青海大学任所，嗣后，未见以画寄来。不久，噩耗传来，先生忽以下世闻矣。痛哉。未几，了翁定居无锡，又未几，了翁亦下世，先生之画遂不可问矣。同日退密又识。

翁覃溪读书札记墨迹残叶跋尾

翁覃溪先生学术文章为世推重，著述宏富，尤长于金石考订。此册为先生读书札记，内有朱笔自记“乾隆三十七年（一七七二）十月十三日”一行，其年正是清乾隆帝诏开四库馆之岁。先生参与撰写全书题要，故勤于笔札如此。

札记共二十四叶，今为永明仁弟所得，初见时装订零落，无序次可寻。其残叶之仅存者有先生文孙"翁引达"、"苏孙过眼"，先生门人"叶志诜"、"东卿过眼"、"孙烺之印"等印，他叶中又有"翁斌孙印"、"素心居士"等印。按先生生于清雍正十一年癸丑（一七三三），为此札记时正在四十岁前后，小行楷精美纯熟，高雅古朴已到炉火纯青程度，洵墨林鸿宝也。三百年旧物，历劫犹存，得之全属偶然，永明精鉴善藏，其球璧视之哉。

二〇〇四年甲申端午前三日四明
周退密年九十又一，书于安亭草阁

张苍水集附录抄补跋

今年初夏周东璧兄来舍枉存，袖出一卷问字，视其所阅者知为吾鄞张苍水集，君有诗中数处出典不明，为举所知者告之，不能尽意之所欲也。此册为民国(一九一二)前上海国学扶轮社活字本，有余杭章太炎先生之序，言此本得之于吾鄞张让三(美翊)，然章氏此序未经收入《四明丛书》本张苍水集附编之内，又册末有东壁兄尊人大烈先生手抄苍水遗诗及后贤诗文诸作，爰请于东壁假我复制一份后还瓻，俾附于旧藏《丛书》本之后，庶几乡贤著作多多益善，不为遗珠之憾。兹依大烈先生抄补之内容录目如下：

一，《张苍水先生书扇诗》七言古诗一首(无传录者姓氏)。

二，《湖心亭书壁》七言古诗二首(无传录者姓氏)。

第一首脱二字，予以意妄补“胡”“没”二字，使之成为“胡尘埋没合欢枝，春风自解同心结”；第二首末句脱一字，妄补一“羝”，使之成为“开落桃花谁过问，萋萋芳草牧群羝”。盖传录之者犹有所讳也。诗后有“绍兴张君煌言”云云一段，丛书本亦有之。

三，海宁吴骞（槎客）《谒张忠烈公墓》七言古诗一首。

四，《秋日同万近蓬、陈仲鱼、钱广伯、倪谷民暨犹子昂驹、次儿寿暘南屏谒张忠烈公墓，复至丁家山访王诏平先生墓即事二首》五言古诗二首。

五，《壬子九月二十八日重谒苍水先生墓》七言律诗一首（以上三首题下未著作者姓氏，当仍为吴槎客之作）。

六，仁和朱文藻《谒张忠烈公墓次吴兎床韵》七言古诗一首。

七，钱塘邵志纯（怀粹）《谒张苍水先生墓，墓在西湖荔子峰下，俗所称忠臣坟也》五言律诗一首。

八，仁和何琪（东甫）《明兵部尚书张公苍水墓在南屏，乾隆丙申（一七七六）赐谥忠烈，同人设祭立碑，敬赋此诗》七言律诗一首。

九，宁波袁钧（秉国）《拜张苍水先生墓调寄百字令》词一首。

十，《张忠烈公墓募田说》一首（无撰著人姓氏）。

大烈先生手抄之内偶有误字，如遗元之作遗允，醵金之作剧金，抔土之作杯土是也。

呜呼，苍水先生一代忠烈，提兵江淮间，险阻万状，具见其所著之《北征录》，文字优美，细微毕达，顾知之者无多，殊为可惜，今而后愿普天下读书人共来一读。彼冒辟疆之《影梅庵忆语》但言儿女私情者，以视先生之作，奚止霄壤之别。

二〇〇四年六月三十日四明

周退密书于安亭草阁，时年九十有一

再跋郑州巩义石窟寺西窑洞底《汉·七言诗石刻》拓本

自为前跋之后，曾以原稿寄呈郑州友人崔耕老求正，旋得耕老复札，谓此刻于一九七四年发现之后，曾寄拓本与施蛰存先生，施老当时撰有释文，除原石数字泐损未释外，以第二句“多负官钱石工作”

中，以释“上”字为“工”字最为精彩，使全诗文义得以贯通可诵，无扞格不通之象。

蛰公为此释文，时在一九七七年六月一日，正当“四凶”覆灭之后不久，开始忙于教学，未经说起有此稀有石刻。不意迟至二十年之后，承良友之惠，始得此拓本而摩挲之，而玩索之，信属前定，惜夫哲人长往，已不能起良友于地下共赏析之矣。

兹录蛰公释文及耕老来函于此，以拜良友百朋之锡。

附录一：施蛰存先生关于巩义石窟寺西窑洞汉题记的信

（释文）一九七七年六月一日

诗说七言甚无□

此句是《急就篇》语法，也是汉人常用的发端语。第七字不能辨。

多负官钱石工作

这是说：此文是一个因多欠官家钱而罚为石工的人所写。

掾史高迁二千石

掾史是州郡长官的下属，这些人中也有后来升到二千石大官的。

掾史为吏甚有□(似“意”字)

第七字不识，故不甚可解。大约是再说一遍掾史升大官是很××的，上句泛说，这句是专指一个人了。即指下句中于常侍。

兰台令史于常侍

汉官只有兰台令史，没有其他“兰□令史”。故第二字是“台”的别字。“兰台令史”官名，“常侍”职名。一般都是掌权的太监。此人姓于。

明月之珠玉肌珥

颂扬此人如珠似玉。

子孙万□尽乍(作)吏

颂扬于常侍家世世作官(第四字不明白)。

附录二：崔耕先生来函

周老先生：

您好！

大札收悉。读二跋文，甚好。关于汉题记拓本，发现后即寄施先生，先生甚喜。于回信中，对诗文做了解读。将原文抄奉。

先生提出“从第三行‘掾史高迁二千石’（误印为‘后’）以下，均可以七字断句诵之”。那末前边怎么读呢？按施先生解释，似一开始即为七言句，然否？

近时无事。天渐热，请多保重。

恭祝

安泰！师母好！代候。

崔耕

二〇〇四.六.十七

二〇〇四年六月三十日

阿袁诗卷题辞

诗人阿袁顷从首都邮示其新旧作诗词若干首嘱为一言。逖听之余，为之肃然而敬，矍然以惊，愀然而自语曰：何阿袁之厚我重我如此哉？

阿袁畴曩曾从孔翁凡章游，翁海内名诗人也，阿袁得其教益，艺已大进，有声于时，何仆之足重哉？

忆上世纪七十年代，仆获交徐翁稼研，翁小余二岁而其学胜仆奚止十倍，曾以所作乞翁为之推敲。翁曰“诗无好坏”，余闻言为之茫然自失。归而求诸己，师杜公“新诗改罢自长吟”之教，抵瑕蹈隙，自求锻炼，于吾诗若有小进，以迄于今。

昔者，杜司勋序李长吉诗有“少加以理，奴仆命骚可也”。司勋实深知长吉者，要言不烦，敢以贡吾阿袁以为书绅之用。阿袁其以我为老懒顽固而不足与语者乎。仆知其不然也。仆心热如火，阿袁或终当不以此语为河汉也。甲申大暑，九一老人四明周退密书于海上之安亭草阁。

平湖许士中弘一体书《兰亭序》跋

平湖许士中先生安贫乐道，退食之暇，以临池、篆刻自娱并自修白业，于当世大德弘一法师尤为钦慕。间尝临摹法师翰墨得其神韵，为世所重。此卷为先生所书《兰亭序》全文，深得潜移默化，含英咀华之功，殊为可玩。后之览者当亦有同然之叹也。乙酉元宵，九二老人周退密。

平湖许士中草书《兰亭序》跋

右军《兰亭序》为千古墨池楷模，习之者以毕肖是尚，是黄山谷所谓之兰亭面者。予昔年曾从碑估辛丙庚兄处得一草书禊帖横幅石刻拓本，字体极大。辛谓为南唐李后主所书，想碑上并无款识可证，当出传闻，外此一刻，草书《兰亭》绝未之见。

平湖许君士中，雅擅临池，以草法写《兰亭》全文，大抵取材于《阁帖》、《十七帖》、《书谱》以及《草字汇》，均字字有根据，非涂雅之辈所能望其项背。国华老友顷间出以见示，为书数语归之。乙酉元宵，九二老人周退密。

田遨《解颐短语》题辞

以诗论诗，始于诗圣杜甫之《戏为六绝句》，厥后则有金元遗山之《论诗绝句三十首》以及清人吴应奎之《读明人诗戏效遗山论诗绝句三十五首》。自兹以往，作者辈出，更仆难数。其体裁大抵为七言绝句，其以六言绝句论诗者，当推吾友诗人田遨之《解颐短语》始。每诗之下，君自为之注，其论诗观点，旁征博引，于中西哲匠之说靡不包，而一衷于真善美。其措辞也光怪陆离，皆成馨逸。是创作，是诗话，亦是诗论。登诸艺林，必将沾溉来学，于中华诗教功莫大焉。拜读一过，敬书数语以志钦佩。

二〇〇五年岁次乙酉夏至，

九二弟周退密于安亭草阁

汉五凤二年砖拓本跋

此公元前五十六年汉宣帝五凤二年造砖拓本。篆书规范，字迹完好，不可多得。砖藏吾友禾中吴闲亭家。闲亭擅绘事，此拓本乃用作博古图中插枝花瓶以贻予者，屈指一纪以上矣。吾友夷斋道兄亦藏有五凤二年砖，已琢为砚台，夷斋曾以之名其斋室。西京法物传世不易，虽拓本亦可宝玩也。

二〇〇五年七月十七日

退密自识于抱砚室，时年九十又二

汉永元十四年"死者复"砖跋

此西安出土东汉和帝永元十四年(壬寅，公元一〇二年)砖，距今二〇〇五年，已历一千九百零三年而完整如初，殊属难得。砖边分上下两栏，上左为几何图案，右为隶书反文“永元十四年”五字，四作四画；下栏左为隶书反文“死者复”三字，右为几何图案，隶书古朴规范。此类制作，在晋汉砖中并不多见，具见先民匠心，不墨守成规。

窃揣“死者复”三字，殆即隐去语末“生”字之歇后语，有望棺中人再生之义，疑为汉时民间用于吊唁之一种口头语而用之于墓砖者。姑书之以俟博雅君子考定。砖为友人所赠，无以为谢，手拓数本并草此小文见意。

二〇〇五年八月二十二日

答杭州□□先生书

□□先生：

七月三十日接奉大什《读诗（选四首）》，嘱为点评一二。我们素昧平生，来函也无自我介绍，聆此雅命，使我感到惶恐。但从大诗内容看，足下该是一位鸿儒宿学，不是一位年轻弄笔之徒。辱在下风，十分钦慕。

仆粗解吟咏，于《诗经》茫无头绪。于足下以读《诗》为内容之作，实在不敢信口雌黄，妄加月旦。

《诗序》在宋代朱熹身上已不尽信，宋人王柏在他的著作《诗疑》中亦有所论列。清代吾乡姚梅伯（燮）著有《读风补义》，也是想把《诗》当作一般的诗来对待，不完全采取《诗序》之说。这些东西想来足下早经了如指掌，不待烦言。当代余冠英先生有《诗经选译》，都是直截了当地去认识《诗经》的内容，不因袭前人迂腐、穿凿附会之说。想来足下也是知道的。那么恕我冒昧地说一句，大作内容是不是有些落后于时代了？当然您的诗是写得很好的。

仆虚度九十二岁，退休以后，以吟咏消遣岁月，属于张打油一类人物，不能和古今诗人相提并论。关于近日时兴的“点评”，尤其不会，所以只得方命了。

由于夏天奇热、俗冗等原因，到今天正好匝月，才提笔给您回信，请多多原谅。说的不对，请您宽政。匆复，顺颂吟祺。

四明九二叟周退密上

二〇〇五年八月二十八日午前

《妙哉楼诗存》序

予自幼好诗，然读之无多，略谙平仄后即尝试为五七言。洎入学校，此事遂废。然浏览之余，好发议论。以为诗有才人之诗、学人之诗之分。举清人之诗言之，则梅村、渔洋才人之诗也。其诗华丽典则，神韵绵邈，人靡不爱也。亭林、谢山学人之诗也。其诗浑厚渊穆，精气潜蕴，人读之猝不知其涯涘；如啖烩炙，非经含咀不得其味也。两者风格迥异，然均为诗人之诗，异途同归，各臻其极，而为世所传诵。

吾友同馆胡君钟京，字燕南，安徽祁门人，自幼孤露，而聪颖好学逾常人，初习经济，旋登仕途，中遭缧绁，晚沐晴阳。综其平生，历可歌可泣之境，遭妻离子散之痛，诚非常人所堪，而君能以梦幻视之，发为诗章，直抒胸臆。虽曰温柔敦厚之风有所不足，然合乎变风、变雅之旨，是则时代为之，岂必待梅村、渔洋、亭林、谢山数公再世而后有诗哉。

今年九月，君袖出一卷曰《妙哉楼诗存》者示予，并责一言以坚其信念。于是得退而诵君之全诗，得"足经生死路，肩负古今愁"一联，为之瞿然而起，击节者再，曰：即是可以尽君之坎坷一生与夫君之诗人怀抱矣；继而又得君"风云突兀惊家破，冰雪无情抱恨眠"一联，则又深慨乎造化弄人，何其酷哉，而君能以"直言无隐"出之，深得风人之旨。夫古人论诗向有"愁苦易好，欢愉难工"之语，君愁苦之诗之妙已如此，而欢愉之诗亦多不同凡响。如"少逢烽火连天劫，老占太平盛世光"，"胸怀中土添朝气，人立西风恋夕阳"诸联，又读之令人生遭际太平、爱惜景光之蓬勃气概，一扫耄衰老人常有之悲戚气氛，洵为集内精华所在，而君均能以"直言无隐"之手段出之，大得"手挥五弦，目送飞鸿"之妙。

夫"直言无隐"又何伤，证诸前古诗人之作，莫不皆然。"诗三百"，何一非直言无隐之作耶？如言眷念故国，则有《黍离》之篇；言男女私情，则有《静女》之章；言贞女自庄自重，则有《野有死麕》之诗，可不待烦言而明矣。君自以"直言无隐不成诗"为病，诚属鳃鳃过虑。孔子有言，"修辞立其诚"，有诗如君，可以供知人论世之用，又何患乎其非诗人之诗哉。质之于君，未知以为何如。

二〇〇五年十月晦前二日同馆弟四明周退密书于安亭草阁，时年九十又二。

为杨迟春题沈迈士师晚年诗翰条幅

一

此吾师吴兴沈迈士师诗翰，乃年九十四岁时所书赠者。越二年丙寅师即归道山，殁于吴兴故里。予得之不久，即以之转赠迟春道兄。今年月翁以之转赐其公郎杨驭世兄，世兄耽于文艺，必将藏之以为王氏青毡。喜志数行，以当盛世墨缘。回首前尘，亦不胜感慨系之矣。二〇〇六年元月二十五日，九三老人周退密。

二

迈士夫子画法石田、石溪，诗宗东坡。予从游五十一年，白首无成，题此增愧。

沈迈士师诗翰题跋

此吾师吴兴沈迈士师诗翰，作于乙酉长夏。是时日寇尚未降伏，故有干戈黄尘，江城坐困之语。转眼一甲子过矣。冠剑丁年，鬓丝禅榻，可胜叹哉。乙酉岁末，受业周退密拜志。

二〇〇六年一月二十五日

杨迟春十六岁画仿费晓楼仕女图题跋

自来诗人无不轻其少作，以为少年作品老练不足，功力欠深，迨老年刻集，无不弃之。然少年之作，精神发越，一往无前，有非老年人所能为者。例诸画家，何独不然。此帧仕女乃老友迟春兄丁年所绘，犹诗人拟古之作，虽曰迟嫩，却自倩妙。藏之七十余载，不为六丁下取，可不宝耶。乙酉岁末迟春兄命公子杨驭持来嘱题。九三翁退密。

二〇〇六年一月二十五日

题《拟山园帖》卷二残叶

一

此王觉斯《拟山园帖》卷二残叶，永祥仁兄携来嘱审，予为之厘定次序，并劝其重新潢治，果得焕然一新，庶几赏心悦目，为记数行还之。九三翁退密。

二

王孟津杂临《淳化阁帖》及自书大草唐人诗墨迹一册，亦自题《拟山园帖》，与此迥异，予藏有影本，故得而知之也。乙酉岁暮于安亭草阁。

二〇〇六年一月三十日

为钱西柳(森)题沈迈士师诗翰及红梅两小卷

右先师吴兴沈迈士（祖德）先生诗翰及红梅两小卷，曩年曾以之转赠西柳钱森老友留作纪念。今年月君由吴门来沪，谓将付诸潢治，使之珠联璧合，嘱题数行以重名迹。君为诗人王西野兄高弟，多藏善鉴，亦擅绘事，于仆有同嗜之雅云。丙戌人日，九三老人周退密于安亭草阁。

老来无事可称雄，过眼云烟一笑空。回首程门立雪夜，茶烟轻扬落梅风。同日又题。

（卷前有钱定一兄题诗，次韵题此。自注）

自书樊樊山先生谢午诒送香米二绝句后题志

予童年时闻诸父亲，谓先李氏外祖父笏斋公为宁波高第李氏后人，曾官湖北宜昌开埠督办，与恩施樊增祥（嘉）先生谊订金兰，极为友好云云。余是时年幼无知，未尝详细询问，所谓高第李氏是否明末清初时之李杲堂（邺嗣）保留，以及宜昌之开埠情况与乎外祖之为官久暂。曾见笏斋公有一行乐图在我家，书堂有樊山先生题赞。外祖貌清癯，手持佛手一个，旁立一童孩，疑即李氏舅父贤和先生。

抗战前一二年贤和舅父来我家湖西甬寓拜李氏先母像，同时携来笏斋公泥金寿屏一堂十二幅，嘱我母亲收藏。予童年爱好文物，曾逐幅展读，其文章即出樊山所撰。抗战前予携此寿屏在沪，“文革”中被迫以“四旧”归诸破烂。原有红木椟一个，原想保存留念，愤而裂为劳薪，归诸乌有。“文革”中闻甬寓历祖遗像以及全部字画三箱均在扫“四旧”中被仲哥付诸一炬，笏斋公之行乐图当亦在劫难逃。从此外祖遗物可谓之靡有孑遗矣。笏斋公墓在宁波泗州塘，因与我周氏迁鄞始祖本源府君之墓咫尺之遥，故每当清明亦顺便祭扫及之。想陵谷变迁，此坟当已无存。

近闻樊山先生全集已在天津出版，颇思展卷一读是否录有笏斋李公寿序，至于行乐图中像赞之类小品文字属于应酬之作，则未必留有遗稿耳。云烟过眼，一切付诸杳冥，恋古之情，不亦可以已哉。因书樊山诗，枨触前尘，为记琐屑如此。以告后人。

二〇〇六年二月十三日，丙戌元宵，九三老人退密书于安亭草阁。

注：父亲原配李氏孺人，生子伯兄昌槐后不久即弃养。昌槐年十三患白喉症不治，在沪逝世。父亲继配王氏孺人，生予兄弟姐妹七人，长兄昌铭仍居次，以仲、仲、叔、季为序，盖以“伯”字为不吉，故弃之不用，亦所以尊李氏先母与乎于诸子为一视同仁也。

唐吟方自绘赠令嫒诗云墨兰图

吟方道兄绘此兰蕙图自京华寄来嘱题，并谓来日将以付女儿诗云收藏。诗云方二岁，尚在襁褓之中，而老夫已年过九十，须眉皆白，他日倘相见，定当拥之入怀，将见其捋吾须而笑也。跋竟，更拈一绝题其上：喜气充闾竟体芳，露滋风泛互低昂。唐家自有才人笔，九畹移来付女郎。

二○○六年二月二十一日

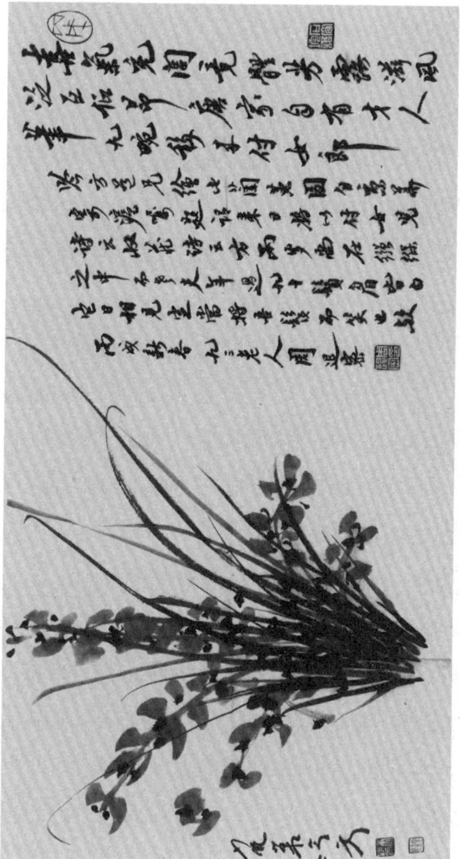

《乳舟斋文存》序

平湖陆君永祥，当代之词人也，早岁即得其先人及父执辈之熏陶，学为文章，后又从其乡之许白凤先生游，先生以词曲饮誉坛坫，所著《亭桥词》尤为老辈所推服。顾君自作则大抵瓣香宋人，一以周、秦、姜、史为宗，与亭桥老人之词一以命意逼近生活，词句通俗新鲜为尚者不尽相类，此则情志各异，所遇不同致然。所谓各行其是，固不必以恪守师门宗法而后称善学也。

近十年中，君屡以所作词邮致见示，无论抒情记事，靡不各臻其美，而尤以于役西疆之什为诸作之冠冕，直可与唐人岑参辈西域之诗齐观，为陈旧之词坛放一异彩，洵可喜可贺也。古人以读万卷书，行万里路为尚，吾陆君有焉。

近者，君于词作之外，忽于文章发生兴趣，寄所作叙跋之文及杂文若干篇见示，为向所未尝读者。

言古物则引经据典，言古迹则循名责实，雒诵之余，为之倾倒者再，何君之多才艺若此哉！予往日常谓：学诗当从文章入，文章好，然后诗乃能得佳趣，不则必将事倍而功半。往予只读君之词而未见其文，今日方知君于词作植根甚远，未尝以文章与词为异途而轻弃之不学也。

日昨君自平湖电语告予，谓将裒集所为之叙跋文及其杂文为一集，以自省览，嘱予一言以为喤引。予耄荒不学，爰就平日一己所感言之，实不足以言序也。

二〇〇六年三月十二日四明周退密书于
上海之安亭草阁，时年九十又三

童衍方《艺苑清赏》序

吾友宁海童君衍方，今日海上之篆刻名家也，早年以若瓢和尚之荐，得列海上艺坛宗匠来楚生、唐云二公门墙称高弟，故君于摹印、书法二者尤为精到，予曾见沙孟海题其印谱曰："得然犀室指授，走安吉高浑一路，既有守，亦有为，范我驱驰，展卷色喜。"于是心仪其人，而以未得奉手，一亲风采为恨。前数年，一日君忽枉顾寒舍，为之喜出望外。晤谈之顷，始忆上世纪九十年代初，当沙孟海艺术院在宁波东钱湖落成时曾经与君一面，以在稠人广众中乏曹丘生其人，致失之交臂耳。

近年于《新民晚报》"夜光杯"中，得数读君所撰之《艺苑清赏》佳作，举凡金石书画以及文人雅玩靡不有记，记必详其物之形制大小尺寸、写作年月、印鉴款识、作者生平、流传渊源以及遇买过程，娓娓道来，引人入胜。且每记一物，必附一图，图文互参，益收鉴古之乐。此则时代为之，科技进步之大效，使起有清乾嘉大老于地下而视之，必将拍案惊奇，激赏不置矣。

夫历来藏家于其心爱之物有重闭固镉，不肯出以示人者，亦有罗列几案，如獭之祭鱼，尽出之以供人同赏者。后者之用心，合乎与众乐乐之崇高原则。求之恒人，实属罕见，而君有焉。

集中诸品乃君耗数十年之心力，竭劳动所得之资而得之者，既无倘来之物，更无骄人之心。君尝自谓，每得一物有历无数波折而终为我所有者，亦有历无数波折而终不为我所有者，冥冥之中一若有一“缘”字存乎其间，诚属不可思议之事。故君于得失之间，极为坦荡。君子坦荡之风，有足多者。君又谓多收故物，意在借鉴前修，使古为我用。故收瓦甓以供摹印，收法书以助临池。君之好学深思复若是，诚非世俗夸靡斗富、徒事收藏之徒所可与之同日而语也。

君既富收藏，自多珍品，如丁敬之隶书册，殆已为天壤间无第二之品。他如散氏盘、曶鼎、三老碑之拓本，均属名家精打、题志累累、流传有绪之品。看似寻常，却得之维艰。诸如此者，不胜枚举，读君集者，按图索骥，将自得之，不烦老夫喋喋为也。

仆读书无多，老益多忘，自谓凡事收藏，必借前贤之著录以当佩觿，始得迎刃而解。试举一例言之。予有旧拓汉《阳三老石堂画像题字》一轴，内有藏者“凤纶”藏印，却无法得知其为谁何。一日，偶阅梁章钜之《退庵题跋》，于某卷中竟然得之，始知此君梁其姓，丹厓其字而凤纶其名，其人为梁茝林抚桂时之属吏。此著录之有助于稽古之用如此。吾知他日必有奉君《艺苑清赏》作为赏奇析疑之用若梁氏之书者，岂徒供茶余谈助已哉。

君生于民国三十五年丙戌（一九四六），至今年丙戌，适逢花甲一周，揽揆之辰，又适逢《新民晚报》副刊“夜光杯”创刊六十周年，可谓喜讯骈阗。际此良辰吉日，君以所撰之《艺苑清赏》若干篇寿之梨枣，嘉惠士林，洵可谓之太平盛事。日昨君以兹事告予并索一言为喤引。仆衰年闻喜，为之距跃三百，虽耄荒不学，又安敢辞。爰就吾与君交往之过程，以及君藏弆之概况择要言之。所憾者，于君之平生行谊与乎君之学术专长未能有所发挥，实不足以言序也。亟书之以复于君，未悉大雅以为何如。

岁次丙戌春分四明周退密于安亭草阁，

时年九十又三

题章耀山水长卷

余所见古木章兄之画以仿石涛者为多，笔墨沉着，意境萧寒，自是杰作，而此卷尤妙，洞壑幽深，渔舟一棹，不知所往何处。余久居城市，灵府汩没，正欲觅此清凉世界，登山临水，与鱼鸟同乐也。

九三老人周退密率题

二〇〇六年三月二十五日

竹　刀　铭

谓其刀也，其质非金。谓其非刀也，裁纸最灵，称吾之心。退密自铭。

二〇〇六年三月二十五日

汉《千秋万长乐未央》瓦当拓本两跋

一

此汉瓦当，文曰“千秋万长乐未央”共七字，万字独占一格，致无余地可纳“岁”字。秦汉瓦中此例颇属罕见，殊为可宝。

二〇〇六年七月三日

二

汉瓦当文字繁富，其最常见者有“千秋万岁”、“长乐未央”、“长生未央”、“长生无极”等。此当文曰“千秋万长乐未央”七字，则殊为少见。桃林仁兄寄示嘱题，为书所见归之。

二〇〇六年七月十八日

周佩宝先生书法第二集序

吴门周佩宝先生早年习申韩之学。执教上海法学院，有声于时。继复辅弼褚公辅成迁校复校，甚著懋绩。业余爱好临池，曾师事临川李健先生，得其真传，遂以书法名世。晚任上海市文史研究馆馆员，当予于一九九八年进馆之时，竟乏缘瞻近。后数年欲求识荆，则闻先生已谢宾客。失之交臂，引为遗憾。

年前吾友黄君福康秉先生德配钱夫人之命为先生整理遗作书画以待梓行，曾数过寒斋，商榷体例，出先生遗作影本共赏，得见先生之墨妙多而且精，学习之面广而且富，良非时辈所能望其项背，为之叹美者再。爰与君就其遗作排比年代，选定作品，撷其菁华，去其重复。使遗集得粗具规模，后即依之付印，即前此出版之书法第一集是也。

自初集问世以还，读者间亦有于先生之书法成就有所质疑者，以为先生之于书道为时久而知之真，植根深而用力勤，何以但见刻意摹古之作而未见自作创新之品。予以为人各有志，不能强同，于书法亦然。盖先生一学人耳，一生谦以自牧，以临池为怡性养心之具，意在自适其适，自乐其乐，雅不欲以此自炫，更不欲以兹艺事与人争一日之长。夫孔子大圣人也，删诗书，订礼乐，作春秋，其功溥矣，而其自道，则曰“述而不作，信而好古，窃比于我老彭”。回顾先生书法之以临摹为重，正合孔子述而不作之高尚情操，其不欲以一艺自见之心，可谓昭然爝然，诚非朝学执笔，暮已自夸，满纸涂鸦，谬称创作之徒所能同日而语者。噫！闻先生之风，可以知所为学矣，循先生之涂辙，可以知所学书矣。书法临摹，终生以之，安可忽哉。然则此集之刊行不亦大有助于书道之维持，所以正人心，戒浮躁，杜猎等，亦在乎此矣。

退密不学，往日求识先生而未果，今兹得纵观先生之作品而论列之，又削牍为先生之集作序，何其幸也。

二〇〇六年丙戌小暑四明周退密书于安亭草阁，时年九十又三

《若谷子诗文集》序

今年七月间，老友狄君兆俊寄示其所作诗词全稿，嘱为汰选以俟付梓。全稿起自一九四一年，止于二〇〇五年，为时逾六十载，为量过千首，文辞优美，以视时贤之作毫不逊色，足以称一代之作手。衰龄读此，喜可知也。君诗大抵温柔敦厚者居多，偶有感慨，亦以平易之句法出之。譬诸于画，“平远山如蕴藉人”，君诗庶几近之。

予向以为出版诗集可以有两个目的：一曰为己，一曰为人。为己则不妨求其备，万首不嫌其多。盖文字乃作者生活之反映，行动之缩影，有其连贯性，不能割断。犹如长江大河，可以源源而来，滚滚

以去，首尾衔接，百态纷呈。举凡一生之悲欢离合，一时之穷通黜陟，无不于此中见之。此为己而印书也。反之则为人。为人之道，宜求其精粹，使读者得窥见作者写作之技巧与夫对人、对时、对事之看法以引起共鸣，觉其诗一如己之所欲言而又喜其作品之能深得吾心也。昔者吾友苏渊雷先生曾语予："诗不必太多，往日朱大可曾拟自选十三首以传后，予亦拟自选平生之诗三十首以留世间。"予曰："如二公之诗得无太少乎？"先生掀髯一笑曰："足矣。"后先生果以自选之作三十首一帙授予，而其全部作品固完好无损也，犹如宝山一座，待有心人勘测、钻探、发掘以明其蕴藏之富且美也。窃以为李杜诗中之豪杰也，其脍炙人口之作亦不过数十百首耳；蘅塘退士选有唐一代之诗亦不过三百首。一人之作固不必以连篇累牍为贵也。然而文人以文字为性命，嘲风弄月，亦烦推敲；一字之不安，可以彻夜以思。及其成章，为人称善，不知已耗费多少时间与精力矣，一旦删除抛弃，何异自伤其体肤耶？是以历来文人咸有敝帚自珍之意，不肯割爱，芟芜存菁。

陶诗有云："连林人不觉，独树众乃奇。"三复斯言，于取精用宏之旨，可不待烦言而解矣。是以吾子之诗，除非亲自操刀，他人绝不能为之越俎代庖，况不学如仆也哉。

予以为君集内之诗亦有其十分精美、不可磨灭之作在，如《秋日放歌》五言古风一百韵，信可谓之惊心动魄之作矣。予雒诵一过，不觉当年惨酷之情景重现眼前，地狱变相，令人悲愤。有诗如此，真乃时代之心声，来日之诗史，合乎白氏论诗为时为事之旨，直可与老杜之《三别》、《三吏》之作同垂千古。惜夫全稿中类此者不多见，岂君尚心有余悸，有所顾虑而韫椟不出耶？

退密不敏，自一九六六年秋与君同在"牛棚"缔交以还，备受教益，犹忆一九九三年为君《若谷子诗词选》作序，曾以"一身正气，满腔热情"八字概括君之平生行谊，其待人接物，足为世法；其艺事之优美，得君之风操而益彰，信夫其可传矣。

今也，仆老至耄及，崦嵫日迫；君亦目病腿弱，弥臻老态。而吾两人又离群索居，虽曰同处上海一城，南辕北辙，相见益稀，不能常见常乐如往日之所为。魏文帝有言："年一过往"，"思何可支。"其此之谓欤？爰书胸中之所欲言者缀以成文，以复于君，诚不足以序言也。

二〇〇六年教师节

四明周退密书于海上之安亭草阁

时年九十又三岁

汉熹平砖拓本二跋

一

此安吉山中出土东汉砖，文曰"熹平五年太岁在丙辰作大吉"共十二字。砖形完整，文字极其规范。鱼斋拓以寄我，谨记数行，以拜良友嘉惠。

二

此亦安吉山中同时出土之汉砖，上一段残存“高迁”二字，下一段曰“官佧乐大口”五字，“佧”疑“作”字之异体；“口”为“吉”字之省文，证诸熹平五年砖吉字之结构，可无剩义。

二〇〇六年九月十三日

题袁君道平画

一

袁君道平（一九二〇—二〇〇四）浙江嘉善人，世家子，早岁毕业于浙江美专，受业于名师傅抱石，绘事之外，兼通诗文。予识之于“文革”之后，清谈娓娓，令人忘倦。是时君为工厂、企业、医校翻译资料以换升斗，而以余力从事六法，署名泥工，始知君于解放后备受折磨，迫其为圬者当小工，以胸襟旷达、逆来顺受得不死。君素体清羸，日大量吸香烟、饮白酒，卒致肺癌不起，年八十又四，怀才不遇，又未能克享天年，闻者惜之。君画作本不多，又不自矜惜，其挚友杨君迟春曾为之稍稍拾而藏之。余亦曾拜君之赐，得其一二小幅，皆笔墨清丽之作，饶有情致，一如其人之书卷盎然、清介拔俗也。迟春翁出此幅嘱题，为书所知还之，幸是正焉。

二〇〇六年十月十九日周退密书于安亭草阁，
时年九十又三

二

袁君道平，别署泥工，魏塘世家子，早岁毕业于浙江美专，得名师傅抱石先生指授，笔墨清丽，饶有情致，一如其人之书卷盎然，清介拔俗，余赏之久矣。此帧为老友迟春兄所藏，命题数行。昔日聚谈之乐何可得，他日怀旧之思曷能已，泚笔泫然。九三老人周退密。

题刘海粟先生墨迹长卷

一

海粟先生当代伟人，其人、其书、其画、其诗词均可不朽。此卷为先生无款水墨山水一幅，其次为先生《水龙吟》自题《铁骨红梅图》长调一首暨张伯驹、黄君坦、朱复戡三先生和韵之作，夏瞿禅先生则别赋《卜算子》小令一阕题画，有"才绌不能步韵，聊以助兴"之语。南北宗匠之作荟萃一卷，铢两悉称，殊为难得。词文抄录出诸刘夫人夏伊乔女士之手，亦见雅致。行间有毛笔、钢笔或铅笔补注多处，字迹隐约可辨，均出自海老之手，读之可备嘉话，又其次则为先生早年赴欧考察各国绘画事业之后致教育当局之条陈，惜仅存残叶，首尾不完，难窥其全。

永明仁弟得此三物，装为一卷，便于保存，计亦良得，幸善护之哉。四明后学周退密书于安亭草阁，时年九十又三。

二

卷内先生墨笔补记中有谓“北京、香港、上海等地区许多词家都有和韵”，因忆往年陈兼与丈亦有和作，为检丈《壶因词》第十页中得之，特为拈出以告后之览者。

附录夏瞿禅（承焘）先生原作：“恍听冻蛟啼，似看琼姬舞。炼就丹心彻底红，冷眼花王谱。　不怕雪埋藏，何有风和雨。唤起番（鄱）阳白石翁，来礼陈同甫。《卜算子》海粟方家画梅，北京诸老嘱题。才拙不能步韵，聊以助兴而已。‘欲得春消息，不怕雪埋藏’，龙川咏梅诗。夏承焘。”

二〇〇六年十一月十一日

题金颐丰（重光）临王觉斯墨迹册

一

古人临古有极似者，如米元章之于虞永兴；有极不似者，如董香光之于褚河南。丰翁此册，其香光之流亚欤。九三老人周退密奉题。

二〇〇六年十一月五日

二

东坡云"我书意造本无法"，惟坡公足以当之无愧。丰翁此册，虽用墨过丰，然用笔流动，姿致跌荡，亦足自成馨逸，固不必以临某某自限也。前题后十日退密再书。

二〇〇六年十一月十五日

墨池语录一则

书法有乍看觉好，再看乏味者；亦有初看不见其妙，久视而其味愈出者。异同之故，在于浅尝与深入，在于自己胸中之有无古人书法体段。书之善者，内蕴繁富，如蜂之酿蜜，有采诸油菜花者，有采诸紫云英者，有采诸柏树花者，有采诸椴树花者，惟识者能知之、辨之并赏识之。浅尝者安得知此？

二〇〇六年十一月十五日

明初精拓《绛帖》卷第六跋

平生所见真《绛帖》仅二册，即王觉斯题孙退谷藏之珂罗版影印本是也。外此皆隶书标题之本，然皆同出一源，无轩轾可言。此卷第六一册，墨气黝黑，字口清晰，为明初精拓之本。求之今日，殆如星风。后之得者，幸善护之。至于册内首尾钤有“缉熙殿宝”以及明、清两代名人诸印，古色古香，交相辉映，弥增鉴古之乐，然不足为此拓增重也。

注：卷首标题上钤有宋“缉熙殿宝”，卷末如之。标题下有朱文“项子京印”，白文“白昜山人”、“青藤道士”印，朱文“道子”（上下）印，并排左一行有朱文“武陵季子”及朱文“絅□氏”印，朱文“毕涧飞秘笈印”，朱文“江上外史”等共八印，其印泥朱色与“缉熙殿宝”无少异，出诸好事者之所为显然。此册为邵某所藏，携来索题，邵亦临池爱好者。

二〇〇六年十一月二十八日

明拓《颜鲁公三表真迹》跋

一

《颜鲁公三表》传世拓本甚稀。此册墨气陈旧，尤为可宝。册前有王百谷二印，惜无题跋流传。耄年觏此，深庆眼福。为志数行，以留鸿雪云尔。九三老人退密题。

注：按册前有明王百谷白文“广长庵主”、“王印穉登”两印。后白纸上有白文“如松柏之茂”、“如南山之寿”两印，皆明人刻法，习气颇重。

二

此明拓至佳之本，得者幸善护之哉。退密借看因题。

二〇〇六年十一月二十八日

海昌吴磊达“古梦斋”额跋尾

海昌吴君磊达，介朱翁明尧，嘱题其“古梦”斋额并求为之跋。夫古可梦乎？曰，可。昔日孔子之梦见周公，亦在乎其前言往行而已。今君犹此志也。君习临池，以古为师，意其所梦者非钟王，即颜柳，即苏黄。语云：日有所思，夜必有所梦，君祈向在古，必有可梦者。噫，是可尚矣。九三老人周退密并书于安亭草阁。

二〇〇六年十二月十二日

自跋抄本清王葑亭(友亮)《金陵杂咏》

一

曩年余于冷摊获购王葑亭《金陵杂咏》抄本一册，题曰未刊稿，首列吴谷人（锡麒）骈体序一首及葑亭自序。吴序载《有正味斋骈体文集》，无异同。抄本字迹芜杂，不便观览，乃请陈叔言七叔丈（一九〇九—一九七六）代为誊录，是时七丈时患胃痛，不知其为癌症也。因予之请，遂于旬月之间抄毕，丈固工于小楷，此抄行楷清秀，极便阅览。未几“文革”祸起，破“四旧”之风愈演愈烈，七丈忧心忡忡，日夕焦虑其万卷藏书是否能逃此一劫，用是病情日益恶化，进食即呕，经确诊为胃癌后期，终于在一九六七年秋间弃养。丈病中曾谓余，箧中有三十年代旧报刊，多有记载××之文字及照片，应如何处理，破之乎抑上交乎？余曰不如撕之粉碎之为愈也。丈默然不置可否。后不知其果作如何处理也。

陈七丈既抄此本之后，余曾将原抄本还诸冷摊，八十年代余将七丈抄本捐赠与故乡鄞县图书馆，俾为丈在桑梓留一手迹，而以复本自留。逭胞侄曾盛退休后定居金陵，即以此本赠之，故卷内有其名印。诸阮中惟曾侄能读线装书，好古尔雅，当其登临之际，亦能挟此册以增发其思古之幽情聊以自慰也欤。

今年月吾友吴翁定中偶见此册，以为可以复印数册分赠友好，以广其传。顷间吴老复携来并从网上查得金陵图书馆藏有此书，而南京图书馆无之。然仍不知其为刻本抑抄本耳。

定老告辞，冬日可爱，阳光满室，爰提笔识之。

一抄本之微，竟有琐屑可谈者如此，不亦浪费笔墨也欤。二〇〇六年十二月廿八日，退密书于草阁，时年九十又三。

二

退密按：此书除吴序及葑亭自序外，卷后尚有题词者三人，曰王芑孙生、曰任薰、曰钱仁寿。王为著名学者；任为同光朝画家，向不知其尚工于吟咏；惟钱氏其名不彰，诗亦平平。题词之外，尚有题记者薛时雨、翁同龢、赵之谦、僧悟智、王裕林、李瑞清等六人。裕林为在金陵旧肆中得此书原稿本之第一人，葑亭遗著，赖彼以传，功莫大焉。惜未能知其生平，自署大庚，倘亦为李瑞清先生之江西知交欤。

汉砖四题

二〇〇七年元旦吾友金君鱼斋自安吉寄予当

地出土之汉砖拓本四种，砖文精美，拓亦如之，真赏心悦目之品，于新年伊始得此，尤庆眼福。爰各记数行，以志良友百朋之锡。退密。

一、汉熹平元年砖

此砖文曰“喜平元年太岁在子”，假喜作熹，殊不多见。按是年壬子为公元一七二年，后一七四〇年即为民国元年一九一二壬子矣。砖文萃美完整可喜。

二、汉熹平五年砖

此拓本鱼斋题曰“此砖为熹平五年墓所出”。砖反文“富贵老寿万世不坏”八字，体兼篆隶。砖顶端有隶书“阳遂复世”四字，“遂”当为“隧”之假借字，言阳遂复世者疑为当时用于墓葬之吉语，冀墓中人一旦复生阳世之意。砖之底部为五铢钱纹四，各以几何纹间隔之，不作“五铢”而作“五金”，他砖未尝有此，其出诸埅氏之匠心独运乎？俟博雅君子考定。

三、汉鱼纹砖

此砖两端各列一物，左端似为牛栏，右端为鱼，鱼目作单圈，鱼鳞作交叉线状，中间以两钱纹隔之。略有大小，非一模所印。

四、汉双凤对舞砖

此残砖，纹作双凤对舞状。图形完整，甚为美观。此种纹饰多见于河南郑州出土之汉砖中，安吉出土似此之精美者尚不多见。鱼斋以之镇纸，可谓物尽其用。

自跋唐宿觉禅师真身塔砖砚拓本

此唐宿觉禅师真身塔砖砚，外函红木盒，盖镌

“唐砖砚”三字，隶古极类张叔未（廷济），池上横刻“此中空洞无物”古篆六字，池左刻乾隆年间人题志四行，文曰：

此唐宿觉禅师真身塔砖也。
峰顶常有五色云覆其上。至
唐僖宗赐名净光。
乾隆丙子（下泐损约四字）得此残砖并书。

字迹娟秀，剧类吾乡梁山舟（同书），因名款适在泐处，未能知其为谁何。“净光”当为御赐之塔名，惜未知所在。砚背图形为一模压之浮图，飞檐翘角，妙相庄严，上有塔煞（刹），下系铃铎。残存四级，每级各有一字曰“大、乘、妙、法”。楷书古拙可喜。

考《五灯会元》，“宿觉即玄觉，亦称真觉，俗姓戴，字明道。师初谒六祖，问答相契，便欲辞之，祖留一宿，谓之‘一宿觉’，卒谥真觉大师。”《五灯会元》又云：“释真觉住婺州（今浙江金华）宝林，称怀吉玄觉禅师，乃青原下十一世，云居元谭师法嗣。”

师生于唐高宗麟德二年乙丑，卒于玄宗元年癸丑，年四十八岁（六六五—七一三），何地圆寂，塔在何处，俟博雅者考焉。

《五灯会元》载有师“上堂”说偈一幕，情文并茂，转录于下，以省翻检之劳。

> 上堂：善慧遗风五百年，云黄山色只依然。而今祖令重行也，一句流通遍大千。大众且道，是甚么句？莫是涵盖乾坤，截断众流，随波逐流底（的）么？咄！有甚交涉。自从佛祖已来，未曾动着，今日不可漏泄真机去也。顾视大众曰：若到诸方，不得错举。

注：吾友海盐吴翁定中，博雅能文，近方有事于《金粟寺志》之纂述，即请其在网上代为查得《五灯会元》中有关宿觉禅师之生平行谊，使予多年之积念一旦冰释，文亦随之得成，不致“此中空洞无物”。良友之惠，奚止百朋之锡也。

二〇〇七年一月三日

新莽貨布十品始於大布黃千終於小布一百前賢以衡字釋黃字言黃千猶言當千也此大布黃千錢范殘片閱近日在河南出土笵文尚完整清晰[illegible]如見新莽大布實物殊為可喜古泉先生出此屬題錄舊文以應印允謹正 辛卯榴月 周退密 時年九十又八 題於亭閣

冒叔子诗翰跋尾

上世纪八十年代余在陈丈兼与兼于阁客座获交诗人冒叔子（效鲁），冒鹤亭前辈之哲嗣也。君诗宗宋人，尤致力于山谷、后山，有《叔子自选诗》一册传世。君精通俄、法文，早岁就读于哈尔滨法政大学，在哈尔滨时曾寓居于南岗沿南一带之小洋楼群，此处环境幽美，林木掩映，为哈埠精华所在。解放后五十年代后期，余于役哈市时曾居住于大直街，实与之近在咫尺也。

一日，君谓余，其家数经播迁，先人遗墨已荡然无存。余曰，敝箧中适有尊甫鹤亭公书于清宣统三年庚戌岁之诗翰一轴，是时尊甫正在瓯海关监督任内，俟检出后奉赠留念如何？是时君寓南昌路上海别墅，已身患癌症，因体格魁梧，面色白皙，健谈自若，初无病容也。未几余即以冒鹤翁一轴赠之，君从床上跃起，作礼收下，说此真吾家唯一之青毡矣。不数日叔子书七绝一首寄予，诗后长跋百数十言，即此纸是也。孰料君即于是年下世。哲人其萎，可胜叹哉。

兹全录之如下，用供艺林嘉话。

先人书法本香光，雅谑曾闻共海藏。蓦忆儿时京口住，寺僧资我写碑忙。

寒家历代自巢民公始，书学董玄宰，笃守师承不替。宣统初，苏戡先生尝于客座斥姚姬传为"董鬼"，先君不平，诗以调之，引清圣祖、高宗均习董为例。苏戡笑曰："君捧出三抬头来压我，我将何说。"先君有五古《论书质苏戡》，见《小三吾亭诗》。余儿时侍先君京口，超岸寺住持某，如皋人，谄事先君，乞我为该寺书碑，不成字。今寺毁碑亡，老僧怛化久矣。孤儿发白，学行无似，承退密先生以先君手书见贻，感念畴昔，因成一绝，以报百朋之锡。

丁卯(一九八八)元宵后一日，水绘庵叔子冒效鲁病后书，时年七十又九

二〇〇七年一月十九日

题顾纲永斋扁额跋

世间凡真理必永在，真味如之。东坡咏茶云："啜过始知真味永。"亦谏果回甘之意。顾纲先生雅擅绘事，深谙此中甘苦，因画知味，其味必永。以永名斋，可谓探骊得珠，是可喜也。九四老人周退密。

二〇〇七年三月八日

《兼山堂弈谱》跋

此《兼山堂弈谱》，续修四库书目著录，撰者徐星友，其友翁萝轩（嵩年）为之序，传世之本有清康熙五十八年原刻，光绪六年重刻以及民国上海文瑞楼石印本三种。一书而再三印刷，其见重于世如此。

此本字体略扁，具有康熙刻本特征，疑是覆刻而非重刻。书后有“金陵城内坊口大街弓箭坊内陶文魁刻字印刷处”两行二十字题记，所谓印刷处，犹今之出版商也。然未知题记为原刻所有，抑补刻所增，俟异日诸本对看，方可论定。

册中首页钤“芸楼”（白文）、“黟山李氏”（朱文）、“英元曾藏”（朱文）三印，惜未知其人，录以广见闻。

解放以还，吾华棋道大兴，名手辈出，固属聪明才智之征，倘亦借前哲之成谱而获得启发者乎？

二〇〇七年四月五日九四老人周退密

徐圆圆小篆楹联卷小引

楹联之辑，有以史事裔皇、文字典雅著者，如清人杨调元之《读史集联》即《绵桐馆集联》；有以集前人之诗歌及碑版文字而称者，如清人钟德祥之《集古联句》；亦有专集前贤之词句而以工巧称者，如近人易大厂（孺）之《集宋词帖》是；亦有专集某一古人之诗句而为之者，如清人何栻之集宋苏轼之诗之《悔余庵集句楹联》即《衲苏集》是也。外此，亦有以书法观点，拾前人之成联、旨在流布名人墨迹而成一集者，则大抵出于收藏家之所为，如往日溧阳狄平子印行之《楹联》一、二两辑；其竭一人之力而以篆书或甲骨文字通体书写楹联成一专辑者，求之前贤则有清季吴大澂之《大篆楹联》、罗振玉之《集殷墟文字楹帖》，求之时贤则惟吾同馆馆员徐圆圆女士此卷是焉。

女士原籍无锡，生长苏州，玉台世家，明诗悦礼；幼嗜临池，得父穆如公之教，熏陶所及，尤工篆籀。上世纪六十年代女士曾问学于郭绍虞、顾廷龙等前辈，顾老亟称其篆书之工，至有"近世女中无第二人"之誉，其为前辈所倾倒如此，抑亦可以知女士篆书功力之深且厚为何如哉。

比年以还，女士用力益勤，所书益多，水到渠成，声誉日隆，曾于一九八九年参加"中国妇女书法家代表团"访日，二○○○年再次东渡扶桑，交流学术，讲授书艺。东瀛书风向重二王行草，女士则以篆籀为书法根本之说引而伸之。辩才无碍，使彼邦人士为之耳目一新。

退密亦深嗜临池者，少日得严君之教，授以学篆执笔之法，以宋梦英《说文偏旁字源》为范本，循序渐进，得以上窥斯、冰，下揖孙、洪。然资性驽下，垂老无成，视女士所造就有余愧矣。犹忆三十余年前，曾在高式熊姻丈寓斋壁上见女士篆书一联，叹为北江（清洪亮吉）复生。问其作者，则曰一女青年耳。退密嗟赏之余，辄心仪之。孰意三十年后女士以学行优异、膺聘进馆，果于文馆春宴席上获睹女士之丰采，握手言欢，相见恨晚，得非佛说之因缘而何？

日昨，女士出此《小篆楹联卷》见示并索为序言，予受而读之，见其倒薤悬针，婉而能通，深合六书精义。字既优美，句亦可诵，合欣赏、实用于一途，诚有功书道之鸿著也。伫看艺林同好人有其书；价重鸡林，无远勿届，可预卜也。

二〇〇七年六月一日　四明

周退密书于安亭草阁，时年九十有四

徐圆圆籀书论语卷序

同馆徐圆圆女士，今日海上书坛之佼佼者也。于世法最工大小二篆。女士近有《篆书墨迹》一书之作，书分二卷，曰《小篆楹联卷》，曰《大篆〈论语〉卷》。予应女士之命，既为前卷作引言矣，女士意有未已，辄欲仆更序其后书，青睐所及，何女士之加宠于吾者若是之殷耶。虽不文，又乌敢辞。

女士幼秉庭训，更嗜临池，素喜清吴大澂《籀书论语》全帙，取以为法，悉心临写，尽获矩矱。女士由吴氏之书，进而上摹商周金文，大得驾轻就熟之效。故其为学，根柢固而枝叶茂，所书大篆，雍容华贵，绝无局促、纤仄之憾。因其取途正，效法高，故字字有根据并极变化之能事，以视胸无字学，谬为曲折，以炫人耳目之所为者，其相去奚翅道里计哉。

窃思《论语》一书乃儒家之经典要籍，孔子言仁、言学之说，可谓真理长在，永不过时，而籀书尤为学书者必经之阶段，上承甲骨之文，下启斯相之体，书法递嬗之迹，又焉可忽哉。女士发愿，书此《论语》全文一万六千余字，珠联璧合，可谓有功艺林之盛业。吴氏之书成于清季，迄今已罕如星凤，觅之不易，得女士之作，庶可弥此缺憾。来学得此而玩索之，必将有所收获，或用之为范本，或借之作参考，岂但供篆刻家之取材已哉。

退密不敏，仅就观照所及言之，于女士之深湛书学无所发明，诚不足为此书增重也。以之为序，滋益愧矣。

二〇〇七年六月三十日　四明
周退密书于安亭草阁，时年九十有四

王元化节录司马迁《报任安书》墨迹卷跋

清园先生当今之文坛巨子，雅嗜临池，虽意不在此，而挥洒工妙，跌宕生姿，书卷之气盎然楮墨间，洵非鸿硕莫办。此卷累累六百余言，一气呵成，如珠在贯，允称合作。昨者先生命公子承义兄携成卷命题，战战惶惶，汗出如浆，漫书数行以复于先生，不知有当于尊意否耶。二〇〇七年七月下旬伏暑中，周退密书于安亭草阁，时年九十有四。

二〇〇七年七月二十六日

海宁陆秉仁大篆书字样跋

震旦老同学海宁陆君秉仁以久病之躯，不幸于七月二十二日捐馆舍，德健道兄于其家之丛残中检得君大篆书横幅，为之激赏不已。昨寄来嘱题。窃谓画家有画稿，雕塑家有小样，此临池家所书名言字样，殆其类欤？德健兄宝此，诚为卓识，喜书还之。

二〇〇七年八月十二日

易天蜀玉佩雕刻拓本跋

天蜀先生为当今治玉高手，所制玉佩，匠心独运，刻镂精工，为世所重，靡不可玩。此集为其所制拓本，琳琅满目，堪供雅赏。衰年覯此，殊庆眼福。丁亥伏暑，九四老人周退密书于安亭草阁。

二〇〇七年八月二十五日

跋自藏李和公（景春）书千文拓本

一

此西安碑林李景春字和公书《千文》石刻拓本为吾家月湖草堂旧物，有先子絜非公外签所书年月，距今已历八十六载，不肖时年才八龄，常侍先子临池，见此卷与一明代紫砂大壶同置于玻璃书柜中，得时时取出把玩之。先子于一九四七年秋弃养，予携此卷来沪，相伴六十载，历劫犹存，亦云幸矣。二〇〇七年丁亥退密识。

二

此李和公书《千文》石刻及王瑞、李班两题志均未著写作年月，当为清初人，其书法颇类《清内府藏右军千文真迹》。出入“钟、王、米、赵”一语不虚也。九四老人退密再题。

二〇〇七年九月三十日

吴凤皇元年砖拓本跋

吾友鱼斋近告予新从余姚得古砖多枚，闻之雀跃。顷间寄来拓本，中有吴凤皇元年一种，字迹完好，体近今楷，以视周氏双凤皇斋藏弆之凤皇三年者纪年尤早，信奇遇也。鱼斋又谓与此砖同时出土者尚有吴武陵太守某某砖一种，惜未之寓目云。

夫地不爱宝，今日尤物层出不穷，而无知之徒曾不之惜，铲车过处，庐墓为墟。古砖狼藉，弃为瓦砾，鱼斋劫罅所得，直几万分之一耳。是则大可叹矣。二〇〇七年十月霜降前一日周退密书于安亭草阁。

东汉刑徒墓砖拓本五种跋尾

一

此东汉刑徒墓砖，文曰“无任南阳育阳司董阳永初三年（公元一〇九年）十一月廿一日物故死在此下”共廿五字，文内既称“物故”，又曰死在此下，为之刻画者，殆出诸刑徒中之深嗜文墨者。隶书秀逸，“物”字结体尤奇美，非丰碑所得而有也。

二

此东汉刑徒墓砖，文曰“无任颍川定陵髡钳兒叔永初五年（公元一一一年）五月廿一日死在此下”。兒即郳之省文，今作倪，汉前书有兒宽，杨统碑阴有兒银字伯玉，盖两京通用之字也。

三

此东汉刑徒墓砖，铭文阴刻四行，曰“无任东莱□髡钳甯元元初元年（公元一一四年）十二月八日死”，不作“死在此下”，亦一例也。

四

此亦东汉刑徒墓砖，文曰“无任陈国陈完城旦马虎元初三年（公元一一六年）二月廿一日死在此下”，不仅文全而字迹疏朗，所谓瘦硬通神是焉。

五

此亦一九六四年河南偃师县大郊村西南出土之东汉刑徒墓砖，文字可辨者一行曰“陈国陈髡”，二行曰“朱福延光二年（公元一二三年）”，三行曰“□月廿□日死□”，四行仅一“十”字可辨。三行“死”下一字极似“弟”字或“葬”字上半，文字残缺，俟大雅论定。

二〇〇七年十月二十八日

吴藕汀《四时佳果图卷》跋

此禾中名士吴藕汀八十岁作《四时佳果图卷》，明生先生自粤寄来嘱题。

余尝谓近百年中嘉兴艺坛有三绝，曰沈寐叟之诗、王瑗仲之章草与吴藕汀之画。沈诗奥衍而瑰丽，道释僻典奔赴笔底，一时不得其解。王书端庄而浑朴，如周鼎、商彝，望之生敬畏之心。吴画古艳而灵秀，涉笔成趣，形神兼备，如膏之在鞢，炙之愈出，于缶庐、芝翁之外，开径独行，别具一格。其所作类皆习见之品，接近生活，尤为世人所爱重。鄙见如是，质诸大雅，未知以为然否。

丁亥立冬前五日周退密书于
海上之安亭草阁，时年九十又四

旧拓黑瓮生造像记跋尾

此黑瓮生造像记，无纪元年月可考，视其字体，当在魏齐时代。《金石粹编》载有北周保定四年（公元五六四年）《王瓮生造像记》，寒斋藏有东魏天平三年（公元五三六年）《高盛字盆生残碑》拓本，为当时"瓮"、"盆"两字通用之证。古人质朴，不以"盆生"命名俚俗为嫌。高盛都督十州，位至三公，学行梗概，彪炳一时，而“盆生”之字，大书深刻，著于丰碑，尤为后人所难也。

注：此拓有胡匊邻（镬）、劳蒙叔（敬修）、张公束（鸣珂）、吴介兹（受福）、宗湘文（瀚）等题志，均清同光朝名士，或事考订，或记嘉话，盖拓本曾在黄浦船覆落水，幸而捞获，故卷内数公以《落水本兰亭》帖比之。杭州午社画家乌伤金心明鉴家得诸市肆，持来嘱题，以纸短，仅书数行如上归之。

二〇〇七年十一月二十三日

苏文治印锐题志

近年结交杭州午社诸画家，见其所用印章多师西泠一派，为之击节叹赏。问诸古木主人，谓出苏君文治之手。不意主人以语苏君，昨苏君来沪，以所刻数印见赠，高情厚谊，曷胜感荷。第不知何以为报耳。增惭、增惭。口占一首赠之：西泠一脉寡传人，雅道重逢有此君。草阁挥毫多乐事，新荷老石与为邻。

注：君斋名荷石轩，予号石窗。丁亥小雪，九四老人周退密。

河南出土汉画像砖拓本跋

此河南出土汉画像砖拓本，砖长四市尺，高一尺四寸，上下栏均作菱形图案，图像左起，依次为一朱雀一马、一朱雀一虎、一马、一朱雀一虎，凡四段，马首均向右，虎首均回视向左，朱雀张翼作掠击状，形象极生动。此拓为第二及第三画面，以砖更完整，故别拓小幅以便观赏，吾友考古专家崔耕老云，凡图像之阴刻者皆洛阳一带画砖风格。拓本两种均崔老所赠，并记之以拜良友嘉惠。丁亥小雪后五日，周退密年九十又四书于淞南之安亭草阁。

影印本海盐《金粟山大藏经·无量寿经论》跋

此影本海盐《金粟山大藏经·无量寿经论》一卷出自北宋熙宁年间经生书写。字体厚实肥润，雅得唐苏灵芝风格，视钟绍京书之《灵飞经》以秀丽轻倩胜者，可称两美。闻原本用金粟山藏经纸书写，此卷乃藉现代之进步印刷技术，辗转复制而成。古色古香，益人神智，以较原迹，恐有过之而无不及也。下真迹一等云乎哉。

兹值此卷回归故土，藏之金粟寺，永永供养之际，欢喜赞叹，敬书数行，用志丛林盛事云尔。

二〇〇七年十二月五日，四明

周退密书于安亭草阁，时年九十又四

注一：《经论》一卷末有北平李学度（二字不明恐误）题志一段，今全录之如下：

唐宋人崇尚写经，体格排类，较然一同。又多不著年号及书者姓名，时代往往莫定。考广惠禅院，本吴金粟寺，在浙之海盐县西南三十六里。赤乌中，康居沙门僧会为大帝祈，获释迦文佛真身舍利，始创三寺，一为金陵之保宁，一为太平之万寿，一即金粟也。宋开宝间，吴越建国时，尝因施茶，赐号"施茶院"。大中祥符初，改名"广惠"。经为宋人所写可知。观其用笔极重，而骨力骞腾，灵快之气，自然贯注，墨采晶晶，溢出画外，一循唐经生遗矱。纸段坚凝，洁如玉质。七千余字，一无残阙，诚檀那珍秘也。北平李□□记。

注二：李际宁《宋写珍品金粟山大藏经》一文刊《中国图书评论》一九九五年第二期。

郑孝胥伪满洲国歌手迹跋尾（为北京肖跃华题）

郑孝胥晚节不终，甘为汉奸，一手导演，成立伪满，信所谓天理之所不容，人神之所共愤。其不遭显戮者幸也。虽擅文翰，又安足重。所以留此手迹者，亦如岳坟前之四丑铁像为千古提供罪证，益彰其恶而已。

丁亥冬日四明九四老人周退密书于海上之安亭草阁

二○○七年十二月十五日

苏州邢珮珮“寒泉浸玉”扁额跋

珮珮仁妹，相识近卅年，为人干练，亦擅绘事，曾为诗人王西野先生所赏识，妹自谓有身世之戚，包举之得此四字。昨自苏州来沪嘱书。夫火炎昆冈，玉石俱焚，妹视此加幸矣。爰缀数行以广其意。忧能伤人，幸毋戚戚为也。

二○○八年三月四日四明周退密并识，

时年九十又五

佳節欣逢九日和風不類霜天花
叢蛺蝶尚翩翩雲霧頻來撲面
落筆君生奇想豈吟象顯
[illegible]回思潛起伏醒雖安不惜道
山雖健 西江月次答
遯公節希集正 九四叟退密上稿
丁亥重陽後二日

陆永祥《乳舟词·二续》引

平湖陆君永祥好学士也，早岁从乍浦诗人许翁白凤学填词，得其薪传。翁故后，君时以所作见示，嘱为推敲，实则予无所献替于君也。

君近年于役西疆，行益远，词益富，名益盛，而谦谦君子，执礼益恭，洵君子进德日新之象也。求之今日，尤为难得一见之士也。

日昨，君来沪，枉过草阁，谓将集近岁所作汇为一编，名之曰《乳舟词·二续》并索一言以作喤引。仆老病偃蹇，谬附风雅，安足以发扬君之所学哉。

窃思往古词人少有西疆纪行之作，读君词可知彼土山川之形胜，气候之殊异，史迹之悠远，民俗之淳厚，物产之富饶，与夫凡百见闻，足备史料，而君能以倚声出之，为前贤之所未为，足与唐人西域诸杰作诗篇相媲美而并重于世。至于集内诸作，其格律之恪遵，用词之雅驯，乃词人应有之事，读君词者自能知之,不具述焉。

二〇〇八年三月九日四明周退密时年九十又五

顾振乐《四体书毛泽东诗词五十首》长卷跋

书居六艺之末,为之实难。其以四体俱工称者尤罕其人。昔包安吴盛推完白山民,寻而觉其不足。以予视之,有清三百年中惟道州何子贞太史足当之无愧。与太史同时者则有仪征吴让之,会稽赵撝叔。求之近日则有老辈汀州伊峻斋、杭县王福厂、吾鄞赵叔孺、永嘉马公愚,继四君而起者其唯吾友嘉定乐斋顾先生乎?

先生之书,出入晋魏汉唐,气息和平,笔墨渊雅,不激不厉,一如其人。端品勉学,蔑以加焉。珂乡为千百年文物之邦,人才辈出,彪炳史乘。先生文史从容,悠游临池,含英咀华,取精用宏,其从来远矣。读此卷者当首重先生之耆年硕德,兼及其书艺之琳琅满目，珠联璧合。如行山阴道上，使人有应接不暇之感也。得之者其永宝之哉。

二〇〇八年三月十一日四明周退密书于草阁，
时年九十又五

顾振乐临《定武兰亭赵孟頫十三跋》全卷跋

《兰亭叙》为右军千古之名迹，得松雪道人十三跋为之羽翼，洵可谓之艺苑瑰宝。然全卷不知藏在何氏，世不多见。不意吾友乐斋顾先生于内讧纷争之际，键户读书，明哲是葆，借得一本而临摹之，规行矩步，一如原迹，为千年法物作续命汤。是不仅道人之幸，抑亦艺林无上之盛事也。昨者，先生出此卷嘱题，赞叹之余，愿先生亟授诸影印，使之化身亿万，与世人同赏，毋令韫椟久藏，秘之不出也。

二〇〇八年三月十二日

海宁张冷僧(宗祥)枯树图轴题志

冷僧先生罗胸万卷,余事以画自娱,不事藻绘而自然儒雅。此枯树图乃戊寅年为吴兴沈士远先生作者。士气盎然,题语尤隽永,堪称合作。敬缀小诗,用志墨缘。戊子花朝四明后学周退密拜题,时年九十又五。

附诗:

铁如意馆老经师,
余事丹青誉若驰。
翰苑心仪五十载,
焚香再拜一题诗。

古玉鲁王之玺拓本跋

此古玉“鲁王之玺”阴文四字拓本,墨耕主人携来嘱题。印原藏红茶沈先生所，有其长跋，定为晚明鲁王监国朱以海之玉玺。余谛视久之，觉印文浑厚大方，刀法中锋安雅，疑为两汉法物，绝非明人所制。然一时无足佐证，不得已乃效微生高之所为，乞诸吾友金君鱼斋求诸网上，顷刻之间便有所获，为之大喜。爰检班、范二书，始知以鲁王称者得二人，一为吕后时代（公元前一八一年）之张偃（见《前汉书》卷二惠帝纪，如淳注），而另一为光武帝时代（公元二十六年）之刘兴（见《后汉书》卷十四齐武王縯传），然两人之间未知此玺当属诸谁何耳。二千年前之王室法物未随墓葬以俱尽，犹能为吾人得而摩挲之，虽吾人之幸抑亦鲁王之幸也。爰琐屑书此归之，以俟他日大雅更为论定焉。

二〇〇八年岁次戊子上巳四明周退密书，

时年九十又五

吴瓔公手录孙过庭《书谱》全文跋

吴瓔公名满天下，然其墨迹不数数觏，偶有所见，亦只限于手札而已。此小楷手录孙过庭《书谱》全文，乃当时馆阁体致。自科举废后，此艺已成广陵散，跃华鉴家其善护之哉。

二〇〇八年九月

谢无量先生自书诗跋

此谢无量先生自书诗稿散叶。予之知有先生名在童年，读其所著中华书局版《骈文写作法》而好之。而见先生之书法则已在中年。十余年前予得一印本之先生自书诗卷，冲虚纯和，不矜不伐，有晋人高致，迄今犹为之爱不释手。今睹此册，多有重出之作，盖当时诗成漫与，手写不止一本耳。今此稿已归跃华鉴家藏弆，愿君亟付影印以公同好，幸毋深秘不出也。

二〇〇八年九月

何满子自书诗册跋

满子先生雄于诗，上世纪八十年代予以亡友王西野同年兄之介得遂识荆之愿，虽同居海上，各以自牵，竟乏过从。今跃华鉴家以此册出示，得读其与西野同游之诗，为之低回不已。西野《霜桐老屋诗》有前后两刻，而满公之诗尚未闻有刻本，甚望其能早付剞劂以慰诗坛喁望。

二〇〇八年九月

章士钊先生自书文稿跋

此孤桐先生文稿若干篇，用《柳文指要》文稿纸抄写，精楷高妙，得未曾有，今藏跃华鉴家处，闻已经多人鉴定为先生真迹，当无疑义。为识数行，以庆眼福。

二〇〇八年九月

佚名竹谱跋

梅竹兰蕙靡不有谱，如宋人宋伯仁之《梅花喜神谱》，明人周履靖之《罗浮幻质》、《淇园肖影》、《九畹遗容》皆是也。此竹谱八十叶，未知出自谁氏手笔，良非能手莫办。嘉禾主人于无意中得之，可为此谱庆得所。予既为之题耑、题辞，又为之跋其尾。

草草应教，不计工拙。

戊子金秋九五老人周退密

二〇〇八年十月十二日

吴丈蜀小字兰亭石刻拓本跋

丈蜀先生高风亮节，不谐流俗，为世称道。予识之于上世纪九十年代宁波沙孟海艺术院成立之时，数共文宴。聆其议论，语多精辟。后又读其题《谢无量自书诗卷》中之绝句八首，清辞丽句，至深钦佩。此先生摹右军禊帖石刻，笔墨高古，致可玩索，出之自意，尤为可宝。嘉禾主人其以《玉枕兰亭》视之哉。戊子寒露，九五老人周退密获观并题于草阁。

刘宋元嘉七年砖拓本跋

此刘宋砖拓，反文十七字，曰“宋帝元嘉七年（公元四三〇年）八月十日潘捡之作葬蔡父”。“帝”字已泐其下文，下三竖笔因纸迭起，尚隐约可辨。“潘捡之”当为砖工之名，“蔡父”当作蔡氏之父解。砖藏杭州鲍衣禾处，顷间衣禾以拓本见赠，以为此砖“文字并不苟且，可供玩味”。予亦以为国号后加“帝”字，此例并不多见。他如“潘”字偏旁之三点水，“捡”字末笔以一划代替双人，可见字体由楷入行嬗变之迹。爰题数行，以志欣遇。二〇〇八年十一月二日周退密。

自书诗册小言

肖君跃华，多藏善鉴，远在北京，不知以何因缘得知仆于千里之外，曾与之结翰墨之欢。今年秋忽出《北平笺谱》一册，嘱录拙稿其上以存老辈手迹，可谓嗜痂成癖，情有独钟。

窃惟诗与书法为吾华之文化菁华，百年来受时代影响，去人日远。近则每况愈下，好名者众，务实者少。诗无格律，字失间架，竟然附庸风雅，以名家自居。歪风所被，颓波莫挽，竟亦使仆自忘其陋，和光同尘而为之。其将涂抹盈幅以荧惑乎人耶？抑将留此鸿爪以供知人论世之用耶？噫，殆不能免乎没世之讥矣。爰书其首以自讼云。

二〇〇八年岁次戊子立冬，九五老人周退密

宋拓唐大达法师玄秘塔碑跋

一

此柳少师书大达法师玄秘塔碑剪裱本，吾友冯君寿侃持来同赏。一展卷便觉精光四射，老眼为之加明。其椎拓之精到，墨色之晶莹，蔑以加焉。闻昔日钱君匋兄已定此为宋拓，可谓具眼。顷间余又为之考诸《增补校碑随笔》，凡碑内关键诸处，逐字印证，验其完好与泐损之迹，益信此为南渡后之拓本，洵艺林之瑰宝，人间之星凤也。为识数行，以庆眼福，愿寿侃兄以拱璧视之，勿轻以示人。

二

此本前后钤有项元汴、顾子山、谢希曾诸收藏名家印凡十一方。又有孙雪樵一印，不知其为谁何。其所有印文均在碑纸与边纸骑缝之上，然则此册尚为明代装裱时之原样乎，则愈益可宝矣，姑为拈出，以俟大雅论定。

二〇〇八年岁次戊子十月中旬四明
周退密时年九十又五

吴昌硕题梁章钜《读渔洋诗随笔》一书之书名题记

一

右吴昌硕先生早年为平湖传朴堂主人葛昌楣题写的梁章钜《读渔洋诗随笔》一书之书名，惜当年缶翁未署名款。今书已不在，留此六字，借资纪念云尔。

二

缶翁篆书早年学杨濠叟，中年以后专力于石鼓文，雄健浑厚，始自成一体，终享盛名。此早年书，以遒美胜，当尚在四十岁以前所作也。

二〇〇八年十一月二十七日

何满子节录古人书札长卷跋尾

右何满子先生节录古人书札四种长卷，盖皆前贤之嘉言懿行之可诵可遵者，而绀弩先生所言尤能切中时弊，慨乎言之，所谓言之者无罪，闻之者足戒是焉。满子先生文坛耆硕，老笔纷披，书卷盎然，洵艺林佳构，时风先生其永宝之。

己丑早春二月九六老人周退密书于淞南之安亭草阁

二〇〇九年二月二十日

为郭思堂题其金鱼

金鱼为习见之品，画之者甚多，近人南方以汪亚尘最为人所乐道，北方当推吴作人为巨擘。迩来金鱼品种愈出愈奇，而画亦随之。顷间思堂艺友以此帧远寄嘱题，荇草纵横，绿波荡漾，或沉或浮，或悠然而逝，莫不生动活泼可爱，使仆得濠濮之想，佳画移情，为之一乐。爰题数语归之。他时君技法日进无懈，其作品当可与汪吴两家争胜，可预卜也。四明九六老人周退密。

二〇〇九年二月二十日

为费滨海题陈佩秋草书卷

近时闺闱书家，吴芝瑛工于楷书，庄繁诗工于小真书，萧娴工于擘窠大字，其能深于颠素之学者当推健碧大家。此卷用笔变化莫测，纵控自如，耐人玩索，堪称艺林珍品。滨海先生出示，率书数行，用识眼福。九六老人周退密。

二〇〇九年二月二十日

陈佩秋草虫画卷

董玄宰曾云："古人论画以取物无疑为一合，非十三科全备未能至此。范宽山水神品，犹借名手为人物，故知兼长之难。"佩秋大家丹青名家，山水之外，兼工翎毛、花卉、草虫之属。此卷蜂蝶十二，无不栩栩如生，形神兼备，虽专工无以远过，信今日画苑之广大教主也。滨海先生嘱题，谨书数行归之。己丑二月下旬九六老人周退密于安亭草阁病中疾书。

二○○九年二月二十日

陈佩秋草书卷

杜少陵云：吴人张旭善草书，数见公孙大娘舞西河剑器，自此草书得长进。今观佩秋大家此卷，殆其类也。滨海先生当以濯烟、春草二帖珍之，勿轻以示人。

二〇〇九年三月十五日

为小米世讲题吴香洲绘博古图

香洲世兄家学渊源，多才艺，富收藏，书画均极工致。往岁屡以画作见赐，此其一也。近香洲远客京华，声名鹊起，洵今日画坛之翘楚也。小米世讲爱好字画，曾举此博古图赠之。图中吴建衡二年砖即为其藏品，亦希珍也。小米世讲其善护之哉。九六老人退密。

二〇〇九年四月二十八日

文字安詳墨彩新孟公尺牘一時珍湖
山信美風流減恨煞詞壇少此人
周鼎商彝說夢坡洪爐一冶共銷磨
嗟吾身歷紅羊劫天意如斯欲奈何
奉題
石波道兄先生所藏 家夢坡先生跋
李希氏先生遺札即請
鑒正
四明弟退密謹拜

为徐健庵题旧拓虞恭公碑

率更诸碑：醴泉、化度、皇甫三碑均多翻刻，惟虞恭公碑无之。其字体坚苍丽密，学之者有百利而无一弊，予童年时曾见先君持一本晨夕玩索，殆非无故。健庵兄出此拓见示，率书以进，当亦有同然之叹。九六老人退密。

因跋内“弊”字误书“敝”字，更题一绝其后，诗云：黑老虎来剧赏予，题耑跋尾快何如。耄荒自笑难为力，急就明窗校鲁鱼。注：拓本外签亦为予所书。

二〇〇九年四月二十八日

何雪庐（瑞生）墨迹跋

何瑞生字雪庐，以字行。江苏镇江人，早岁师从金北楼（拱北）学画，尤擅画松。金氏在沪创湖社，雪庐为其社员，多有作品在《湖社月刊》发表。及壮，雪庐供职中央银行，业余更究心书法，真草篆隶靡不工。此帧为其盛年之作，神似董玄宰，尤为可赏。迟春老友与为同乡，藏之多年，今月日出以见示，嘱为题志，谨就所闻于君者书之以告小米世讲。九六老人周退密。

二〇〇九年四月二十八日

题贺友直《前世不忘》纪实图卷

八一三淞沪抗战三月，国军喋血，死者三十余万人。西撤之后上海成为孤岛，南市一隅先成歹土。敌伪勾结，欺压我同胞，奸淫掳掠，乌烟瘴气，民不聊生。凡此种种，记忆犹新。今得见贺君友直此卷，铸鼎象形，刻画入微，为之触目惊心，诚有关世道人心、空前之杰作也。二〇〇九年五月六日周退密率书于安亭草阁。

退密按：此跋因字数较多，不耐写录，未用。旋写七绝一首塞责。

清吴兔床风树图咏册跋

此吴兔床先生少日倩工绘制之《风树图》，盖从先生《拜经楼诗集遗编》卷二题《陈半圭耕养图》“伊余感风木，披图涕汍澜”句下注语得以知之也。册内有龚静斋（时可）隶古题额以及魏玉璜（之琇）、陈然圃（焯）、周松霭（春）、卢抱经（文弨）、张芷斋（载华）诸公题诗，皆有清乾嘉一代之文苑巨子，著作名流。焚香展诵，如亲謦欬，何幸如之。此册现已改装成卷，归溧阳长卿彭先生珍弆。今年月先生出示命题，谨书所知于简末，用资衰年眼福云尔。公元二〇〇九年五月二十一日岁次己丑小满四明周退密年九十又六书。

王友谊篆书论语跋

北京平谷友谊王先生当今书苑之宗匠也，其书法博采众长，旁搜远绍，凡三代以迄战国秦汉文字靡不习，真能熔秦楚之精萃于一炉而又能自成体系，成一家之书者。闻先生不日将所书《论语》付诸印行以嘉惠来学，洵艺林之盛事也。不佞海陬小儒，闻风兴起，自忘其耄荒不学，谨书数行以为吾华夏固有文化庆，为我国书法艺术日益广大与充实贺。行看先生之书将不胫而走，为爱好书法艺术者奉为瑰宝，玩索得益于无穷也。二〇〇九年五月廿八日，岁次己丑端午，九六老人周退密。

西泠石伽题画诗词集引

以诗题画，不知起于何时，唐杜甫有“题李尊师松树障子歌”七言古风，其为题画诗之滥觞欤？厥后宋苏轼有“题文湖州竹枝卷”五言古诗，黄庭坚有“题隋展子虔画”之七言绝句，元王冕有自题梅花诸诗：盖画者多属文人，娴于诗词，画余题诗，蔚成风气，如明之文、唐，清之石涛、八怪。或见诸画幅，或见于著录，斑斑可考，更仆难数。

西泠石伽前辈以三绝名世达八十载，当其童年，已习倚声，旋从德清俞陛云先生游，清词丽句久为世所传诵。当其心境开豁、笔墨酣畅之际，几乎每画必题，每题必佳。使诗与景会，相得益彰，令观者悠然神往，如坐卧于真山真水之间。技进乎道，优入圣域，夐乎远矣。

吾友郑恩德先生为石伽前辈之挚友，于前辈之作情有独钟，收藏其画作甚富。曾为之举办画展，影印画册。客岁二〇〇八年又为之刊印《西泠石伽题画诗词集》，使前辈三绝之流风遗韵得以普及艺林，厥功甚伟。今恩德意犹未足，又取前书中之诗词辑为专帙，付诸剞劂，以嘉惠来学，使之家弦户诵，洵今日诗苑之又一盛事也。

退密硁硁小儒，学行无似，昔年猥以同馆后进，曾承前辈传语友人邀往谈艺，会屡以事阻，以致始终未获一面，引为平生憾事。今承恩德之嘱，构此小引，不觉悲喜交集，悲夫人琴俱亡，九原不作；喜夫藉此芜辞，得以沟通梦魂，恍若与前辈凭几谈艺，亲聆謦欬，焚香读画，此乐融融，失之于畴曩而收之于此顷也。是为引。

二〇〇九年六月三日后学周退密
书于淞南之安亭草阁
时年九十又六

《题傅斯年先生诗词手稿》跋尾

右旧时松雅斋文章格纸抄本诗词稿一册共二十七页。稿无书名，亦无撰著人姓名，封面题“傅斯年先生诗词手稿”，书之末页末行题“孟真”二字，下钤傅斯年三字白文印，现藏刘氏小孤桐轩。日前主人以复印本邮寄嘱为审定，仆展卷雒诵一过，觉清词丽句所在多有。详其内容似出一好女子之口吻，殊不类须眉男子语。抄本字迹潦草，亦不类闺幨簪花妙格。间有讹字及失粘之处，胥出后人重录致误，非原始稿也。窃思册之有傅氏题名者或因经其收藏，或此一淑女乃傅氏之姻旧，从而藏之唯谨，亦未可知。鄙见如是，率书数行以复于主人，幸大雅谍正焉。

二〇〇九年六月七日四明周退密年九十又六
书于海上之安亭草阁

题章孤桐旧藏宋拓虞恭公碑

虞恭公碑为欧书之极则，虽不及醴泉铭之雍容壮丽有盛唐开国气象，然结体遒密严整，有士君子谔谔之风，学之者有百利而无一弊。余趋庭之日，曾见先君子手持一本晨夕玩索，殆非无故。小孤桐轩主人顷间以所得章氏孤桐旧藏宋拓复制一叶邮寄嘱题。主人精鉴赏，亦富收藏，曾比较存世宋拓诸本后定此本亦为宋拓，可谓信而有征。惜道远不克携来同赏，使仆一饱眼福为少憾耳。

己丑清和月中旬周退密年九十又六书于安亭草阁。

二〇〇九年六月八日

潘伯鹰写呈章孤桐吴门诗卷跋

往日海上有三大诗人，曰沈剑知，曰吕贞白，曰潘伯鹰。三君子者不仅工于诗并擅书法。剑知学董香光，贞白学欧，而伯鹰出入晋唐，行草法二王，楷近褚薛，雄强瑰丽，精采逼人眉宇，其功力尤在两家之上。侧闻此三君子者均伟岸自喜，于人少许可，且均有骂名，大有黄仲则“十有九人堪白眼”之慨，亦他年艺林之嘉话也。

伯鹰之名初不为沪人士所尽知，知有伯鹰殆在抗日胜利之后。十余年前友人曾赠余《玄隐庐诗》一厚册，方欲肄业即为人攘去。犹忆册内有先生集杜五律诗一编，叹其工妙在清孙毓汶《迟庵集杜诗》之上。所得印象仅此而已。

昨者北京刘君凤桥以所藏伯鹰写呈孤桐章公吴门某年一岁中之诗若干首邮寄示余。不觉棐几生光，顿还旧观，堪称诗书双绝。余耄荒不学，对此名迹，唯有连声叹服，生欢喜心，何敢更赘一词。为杂书所闻以复于君，聊供谈助并志眼福云尔。

二〇〇九年六月中旬四明周退密年九十六
书于淞南之安亭草阁

章孤桐先生自书词稿跋尾

此孤桐章先生手书词稿散叶，末题“最近词四十一阕壬午七月孤桐手录”一行。阑外有“八月二十一日枕上读竟并妄加墨识惶悚惶悚汪东谨记”一行，盖当年章氏录稿以求正于旭初先生者，同页即有汪氏眉批二段，卷中间有墨围，当即为汪氏手笔无疑。今检稿内所录之词共若干首，远出四十一阕之上，又别从首尾词句不相衔接之残页得词三阕，多多益善，尤为可喜。

此稿小令、长调俱备，写作年代在上世纪抗战时期，写作地点在陪都重庆，见于词中相与往还者有陈树人、江翊云、钱新之、杜月笙、陈光甫、陈真如等等十数人，皆一时南方之从亡者，信有助于了解诗人之人际关系，为一不可多得之文献资料也。

退密不敏，于先生之诗近方肄业，于先生之词则素所未见。雒诵斯卷，觉其神思幽邈，藻采芊绵，随心所欲，自成馨逸，一种清新拔俗之词境，大抵与苏、辛、元遗山数家为近，一扫晚清词派拙重滞涩之弊，使人澡雪精神，信词人之当行本色也。

风桥先生多蓄孤桐秘笈，日昨自北京邮寄此卷嘱题，为书简末以志景仰。尚望风桥能影印全帙以广其传，使孤桐韵语得为世人所共赏并先睹为快，毋如仆之耄而后学也。

二〇〇九年岁次己丑清和月中旬

四明后学周退密年九十又六

书于海上之安亭草阁

终歲辛勞董仲舒教人
開卷獲明珠邇来簡
册如山積消却餘閑只此
書 有懷
寧文道兄平居一絕奉贈
留念 九三老人退密求正
丙戌大雪

编 后 小 记

董宁文

去年十一月下旬，我去上海参加纪念巴金诞辰一百一十周年系列活动时，利用会议间隙，与韦泱兄相约去安亭草阁看望百岁开一的周退密先生。那天下午，周老精神很好，谈兴亦浓，自然也说到《开卷书坊》这套富书卷气的丛书。周老说他也很喜欢这种小开本的书，读起来方便，也不累，不像现在流行的豪华的大开本，看起来精美，但却不方便阅读。于是，我提议明年的第四辑书坊给周老也出一本。周老当即表示非常感谢，只是谦虚地说他不会写文章，印出来会贻笑大方。我和韦泱兄都觉得可以为周老编这样一本小书，韦泱兄还说，他曾为周老打印过一些文稿，届时可帮着一道将这件事情做好。

那天也自然地谈到了《开卷》，说起明年就要进入第十五个年头了，我说想编一套书纪念一下，同时，请周老写一篇短文谈谈他与《开卷》的故事。周老说，文章写不动了，我给你写一个书名吧。于是我把《〈开卷〉十五年》这几个字写给了周老。几天后，我就收到了周老的两次来信，他一共写了三个签条，其中一个书名只写了一半，可能他觉得不满意，又重写了一个，过了一天，又寄了一条新写的书名签条给我，可见周老的认真，同时也感觉到周老年事已高，不像早些年那样写字一挥而就了。

四五年前，周老在黄山书社印过一套三本近百万字的《周退密诗文集》。这十余年间，每过一段时间，周老都会自印百余册《退密诗历》、《退密楼五七言绝句》、《捻须集》、《九九牧歌》、《退密词综》、《退密楼七言律诗抄》、《退密存稿》等小册子与友朋交流。因是自印，看到的人极少，所以这本《退密文存》还是有些看头的。

这次所收录的文章分成三个部分，第一部分是周老的自述以及回忆文章。第二部分为周老自印书的部分序跋文章。第三部分则是周老为友朋所作序跋以及近年所写的题跋，这些题跋颇为可观。我以为这些题跋文字是本书最耐品读的，不知读者诸君以为然否？

二〇一五年五月十四日于南京开卷楼晴窗

开·卷·书·坊（第三辑）

一些书　一些人·（子张）

开卷闲话八编·（子聪）

书缘深深深几许·（毛乐耕）

西窗看花漫笔·（李文俊）

我之所思·（刘绪源）

自画像·（陈子善）

待漏轩文存·（吴奔星）

文人·（周立民）

左右左·（钟叔河）

温暖的书缘·（徐鲁）

开·卷·书·坊（第四辑）

开卷闲话九编·（子聪）

文坛逸话·（石湾）

渊研楼杂忆·（汤炳正）

转益多师·（陈尚君）

退密文存·（周退密）

回忆中的师友群像·（钱伯城）

旧日文事·（龚明德）

开·卷·书·坊（第一辑）

开卷闲话六编·（子聪）

我的歌台文坛·（宋词）

纸醉书迷·（张国功）

书林物语·（沈津）

条畅小集·（严晓星）

书虫日记二集·（彭国梁）

劫后书忆·（躲斋）

寻我旧梦·（鲲西）

开·卷·书·坊（第二辑）

开卷闲话七编·（子聪）

旧书的底蕴·（韦泱）

听雪集·（许宏泉）

榗柿楼杂稿·（扬之水）

笔记·（沈胜衣）

邃谷序评·（来新夏）

我来晴好·（范笑我）

难忘王府井·（姜德明）

读书抽茧录·（桑农）

旧书陈香·（徐雁）

书虫日记三集·（彭国梁）

书虫日记四集·（彭国梁）